KB138132

Mr. WILLIAM
SHAKESPEARE

리처드 2세
The Tragedy of King Richard the Second

국립중앙도서관 출판시도서목록(CIP)

리처드 2세 / 셰익스피어 지음 ; 김정환 옮김. — 서울 : 아침이슬, 2012
    p. ;   cm. — (셰익스피어 전집 ; 15)

원표제: The Tragedy of King Richard the Second
원저자명: William Shakespeare
영어 원작을 한국어로 번역
ISBN 978-89-6429-123-8 04840 : ₩10000
ISBN 978-89-6429-132-0(세트)

영국 회곡〔英國戲曲〕

842-KDC5
822.33-DDC21   CIP2012004211

리처드 2세
The Tragedy of King Richard the Second

리처드 2세 왕의 비극

셰익스피어 지음 | 김정환 옮김

아침이슬

일러두기

운문과 산문 구분을 명확히 했고, 행갈이를 원문과 똑같이 맞추었다. 각 작품을 잘 쓰인 시집 한 권 대하듯 읽으면 적당할 것이다.

등장인물

리처드 왕 리처드 2세
왕비 그의 아내
고온트의 존 랭커스터 공작, 리처드 왕의 삼촌
볼링브루크 헤러포드 공작 해리 볼링브루크, 고온트의 존의 아들, 훗날 헨리 4세 왕
글로스터 공작부인 고온트와 요크의 동생의 미망인
요크 공작 리처드 왕의 삼촌
요크 공작부인
오멀 공작 그들의 아들
모브레이 노포크 공작 토머스 모브레이
그린
베이갓 ┐ 리처드 왕의 추종자들
부시
노섬벌랜드 백작
해리 퍼시 그의 아들   볼링브루크 쪽
로스 경
윌러비 경
솔즈베리 백작
칼라일 주교   리처드 왕 쪽
스크로우프 경
버클리 경
피츠월터 경
서리 공작
웨스트민스터 대수도원장
엑스턴 엑스턴의 피어스 경
의정관
전령들
웨일즈인 지휘관
시녀들 왕비의 시녀들
가드너
가드너의 부하들
엑스턴의 부하들
간수 폼프릿 감옥의 간수
마부 리처드 왕의 마구간 마부
대신들, 병사들, 시종들

대사에 나오는 외국 명

마르스 로마 신화의 군신. 그리스 신화에서는 아레스

넵튠 로마 신화 바다의 신

흑태자(Black Prince) 에드워드 3세의 맏아들이자 리처드 2세의 아버지. 백년전쟁에서
    크게 무용을 떨쳤고 영국 중세 기사도의 귀감으로 추앙받는다.

파에톤 그리스 신화 태양신 헬리오스의 아들

제1막

그럼 잉글랜드 땅이여, 잘 있거라. 상냥한 흙이여, 안녕,
아직도 나를 낳아 주는 나의 어머니이자 유모여!
어디를 떠돌던, 난 이렇게 자랑할 수 있어,
나는 비록 추방되었으나, 적출의 잉글랜드인이다.

1막 1장

원저 성

리처드 왕, 고온트의 존이 의정관, 다른 귀족들, 그리고 시종들과
함께 등장

리처드 왕 원로이신 고온트의 존, 시대가 존경하는 랭커스터,

그대는 그대의 맹세와 계약에 따라

헨리 헤러포드, 그대의 용감한 아들을 이리 데려왔소,

여기서 그 격렬한 최근 고소를 입증하기 위하여,

그때는 과인이 한가하지 않아 듣지를 못하였는데,

노포크 공작, 토머스 모브레이 노포크 공작이 피고소인이었

지요?

고온트의 존 아들을 데려왔습니다, 폐하.

리처드 왕 그 말도 좀 해보시오, 그에게 물어보시었소

그가 공작을 고소한 것이 오랫동안 품어온 앙심 때문인지

아니면, 갸륵하게도, 신하라면 의당 그래야 하듯,

어떤 명백한 반역의 증거를 그에게서 찾아낸 것인지?

고온트의 존 제가 그 문제를 될 수 있는 한 자세히 캐물어 본 바로

는,

모종의 뚜렷한 위험이

폐하를 노리고 있다는 거였지, 뿌리 깊은 앙심은 전혀 아니

라는 거였습니다.

리처드 왕 그렇담 두 사람을 짐에게 데려오라.

〔한두 명 퇴장〕

얼굴과 얼굴,

그리고 찌푸린 이마와 이마를 대면시키고, 짐이 직접 들어보겠소,

고소한 자와 고소당한 자의 자유로운 주장을.

두 사람 다 도도하고 거만하고 성마르지

분노할 때면, 바다처럼 누구 말도 소용이 없고, 불처럼 조급하단 말야.

헤러포드 공작 볼링브루크와 노포크 공작 모브레이 등장

볼링브루크 세세년년 행복한 치세가

자애로우신 저의 군주님께 내리기를 비옵니다, 너무도 사랑하옵는 폐하!

모브레이 각 날의 행복이 전날보다 더 하시어,

마침내 하늘이, 지상의 행운을 시샘하느라,

불멸의 칭호를 폐하 왕관에 더하게 하소서!

리처드 왕 짐은 두 분 모두에게 감사를 표하오. 하지만 한 분은 짐에게 아첨을 떨고 있을 뿐이오,

두 분의 명분이 잘 보여 주듯,

내 말은, 두 분이 서로 상대방을 대반역죄로 고발하지 않았소.

헤러포드의 사촌, 그대의 고소 내용은 무엇인가

노포크 공작, 토머스 모브레이를 피고로 하여?

볼링브루크 우선—하늘이 제 말을 기록해 주시기를—

　　　신하된 자의 사랑의 헌신으로,

　　　저의 군주의 소중한 안전을 염려할 뿐,

　　　다른 서출의 악감정은 전혀 없이,

　　　제가 고소인으로 이렇게 폐하 앞에 섰음을 밝혀 드립니다.

　　　이제, 토머스 모브레이, 내가 너를 향하노라

　　　그리고 내 하는 말 잘 듣거라, 말로 끝나지 않고

　　　내 몸으로 이 지상에서 입증하거나,

　　　아니면 나의 불멸의 영혼이 하늘에서 책임질 것이니.

　　　너는 반역자이자 이단자로다,

　　　그러기에는 신분이 너무 높고, 살기에는 너무 나쁜 놈,

　　　왜냐면 하늘이 맑고 수정 같을수록,

　　　그곳에 뜬 구름은 더 추해 보이는 법.

　　　다시 한 번, 고소 내용을 더 무겁게 하기 위하여,

　　　더러운 반역자의 이름을 내가 네 입에 처넣겠다.

　　　그리고 바라옵건대, 폐하, 이 자리를 떠나기 전에,

　　　내 혀가 말한 것을 정당하게 뽑은 제 칼이 입증케 해 주소
서.

모브레이 제가 차분히 말한다고 해서 제 충성심을 의심치 마소서.

　　　이것이 여자들 말다툼 장도 아니고,

　　　날카로운 혀 두 개가 신랄한 입씨름을 벌여,

　　　우리 둘 사이 이 일을 판단케 할 일도 아닙니다.

　　　이런 일에는 냉정해야 할 피가 뜨겁습니다.

　　　하지만 제가 이런 온순한 인내심을 과시하느라

　　　입을 닥치고 아무 말도 안 하지는 않을 것입니다.

우선, 폐하에 대한 아름다운 존경 때문에 좀 그렇군요,

제가 자유로운 저의 발언에 채찍과 박차를 가하기가,

그렇지 않으면 빠른 속도로 내달아 돌려주었을 텐데,

이런 반역 운운을 두 배로 저자의 목구멍 속에다.

저자가 비록 높은 왕족 혈통이고,

폐하의 친척이라지만,

나는 저자에게 도전하겠소. 침을 뱉어 버리고,

중상모략이나 일삼는 겁쟁이에 악당이라 욕하겠소.

그것을 증명키 위해 난 불리한 조건도 받아들이겠소.

그리고 저자를 만나 주겠소. 맨발로 뛰어

알프스 산맥 얼어붙은 산등성이로 오라 해도,

아니면 사람이 살 수 있는 다른 어떤 곳이든,

잉글랜드인이 발을 디딜 수 있는 어떤 곳이든 갈 것이오.

그때까지는 이 정도로 저의 충성심을 웅변하고자 합니다.

아무리 좋게 생각하려 해도, 이자 말은 새빨간 거짓말이오.

볼링브루크 〔장갑을 내던지며〕겁에 질려 떠는 창백한 겁쟁이 놈, 네게 결투를 신청한다.

왕의 친척으로서 특권을 버리고,

나의 고귀한 왕족 혈통도 제쳐 두겠다.

네놈은 두려움 때문에, 존경이 아니라, 제쳐 두었지만.

죄를 지은 두려움에도 아직

내 명예의 도전물을 집어 들 힘이 남아 있다면, 몸을 굽혀 집거라.

그것으로써, 그리고 기사도의 다른 온갖 절차에 의해,

내가 네놈의 거짓을 입증하리라, 무기 대 무기로,

내가 한 말을 혹은 네놈이 꾸몄을지 모를 더 나쁜 짓을.

모브레이 〔장갑을 집어 들며〕 집어 들지, 그리고

내 어깨 위에 부드럽게 기사 작위를 내려 주던 그 칼에 맹세 코,

내가 널 상대해 주마 명예롭다면 어떤 방식이든,

혹은 기사도에 맞다면 어떤 결투든,

그리고 내가 말에 오른 후, 살아서 난 내려오지 못할 것이 다,

내가 반역자거나 부당하게 싸운다면!

리처드 왕 〔볼링브루크에게〕 짐의 사촌이 모브레이를 고소하는 내용 이 무엇인가?

필시 엄청난 내용이렷다, 짐이

그를 나쁘게 보게끔 만들 정도라면.

볼링브루크 제 말을 들어 보십시오, 제 목숨으로 사실임을 입증할 것입니다.

저 모브레이는 금화 8천 노블을

폐하 병사들 급료로 선불 받고는,

부적절한 용도를 위해 그냥 수중에 쥐고 있는,

기만적인 반역자이자 부정한 악당이오.

게다가 단언컨대, 그리고 결투로 입증할 것이지만,

여기서든 다른 곳에서든, 잉글랜드인이 이제껏 본

가장 먼 지평선에서든 그럴 것이지만,

최근 18년 동안 이 땅에서 꾸며지고 고안된

모든 반역 사건의 최초 생각이자 원천이 기만적인 모브레이 로부터입니다.

죄과는 더 있소, 그리고 더 주장할 것이오

저자의 더러운 목숨을 제물로, 이 모든 것을 입증할 것이오,

저자는 글로스터 공작의 죽음을 획책하였소,

그의 귀 얇은 반대자들을 선동했고,

이어서, 반역자-겁쟁이처럼,

그의 죄 없는 영혼을 피의 강물에 떠내려가게 하였소,

그리고 그 피가, 산 제물을 바치다 피살된 아벨처럼, 울부짖
고 있소

지금도 대지의 혀 없는 동굴에서

내게 정의와 가혹한 징벌을 호소하면서 말이오.

그리고, 내 태생의 영광스러운 가치를 걸고,

이 팔이 그 일을 해낼 것이오 아니면 이 생명 다하거나.

리처드 왕 참으로 높게 치솟는 매의 규탄이로다!

노포크의 토머스, 그대의 답은 무엇인가?

모브레이 오, 폐하께서는 폐하 얼굴을 돌리시고,

폐하의 귀를 잠시 귀 멀게 하소서,

자기 혈통을 모독하는 이자한테 제가

하나님과 착한 이들이 이토록 더러운 거짓말쟁이를 얼마나
증오하는지 알려 주겠나이다!

리처드 왕 모브레이, 짐의 눈과 귀는 공평정대하오.

그가 나의 동생이라도, 아니, 내 왕국의 상속자라 해도,

사실 그는 내 아버지의 동생의 아들일 뿐이지만,

이제 내 왕홀이 불러일으킬 외경을 두고 내가 선서하건대

짐의 신성한 혈통과 이웃처럼 가깝다고 해도

그게 특권으로 작용하지 않을 것이며, 치우치게 하지도 않

을 것이오

나의 올곧은 영혼의 굽히지 않는 확고함을.

그는 짐의 신하요, 모브레이, 그대도 그렇소.

자유롭고 서슴지 않는 발언을 내가 그대에게 허락하오.

모브레이 그렇다면, 볼링브루크, 너는 가슴 깊숙한 곳으로부터

기만의 목구멍을 통해 거짓말하는 자로다!

칼레 때문에 내가 수령한 금액의 4분의 3은

내가 폐하의 병사들에게 제때 지급하였다.

나머지 부분은 승낙을 받고 내가 보관하였다,

왜냐면 폐하께서 내게 갚아 주신 것이다

지난 번 프랑스로 가서 폐하의 왕비마마를 모셔 올 때

내가 자비로 지출한 많은 액수를.

자 그 거짓말을 집어삼키거라. 글로스터의 죽음에 대해서는,

내가 그를 죽인 게 아니라, 스스로 부끄럽게도,

내가 맹세했던 의무를 소홀히 한 경우다.

그리고 영주님, 나의 고결한 랭커스터 경,

나의 원수의 명예로운 아버님은,

제가 목숨을 노리고 매복한 적이 있고,

그것은 쓰라린 제 영혼의 괴로움을 자아낸 범죄였습니다,

하지만 지난번 성만찬 전에

제가 그 일을 고백했고, 특별히 간청했습니다.

영주님의 용서를, 그리고 받았기를 바랍니다.

이것이 나의 잘못이오. 나머지 고발 내용은,

악당이 악의로 지어낸 것이오,

신의 없고 참으로 비겁한 반역자가 말이오,

그리고 내가 몸소 그자를 용감하게 응징하겠소.

〔그가 장갑을 던진다〕

그리고 나 또한 내 장갑을 던지겠소

이 오만한 반역자의 발에다.

내가 충성스런 신사임을 증명하기 위하여

그의 가슴에 들어 있는 가장 좋은 피를 흘려서라도 말이오,

그 일을 서두르기 위하여 진심으로 청하나니

폐하께서 결투일을 정해 주사이다.

볼링브루크가 장갑을 집어 든다.

리처드 왕 분노로 타오른 두 신사, 내 말을 들으라.

이 성마름의 담즙은 피를 내지 않고 제거하도록 합시다.

이렇게 짐은 처방하오, 비록 의사는 아니지만.

악감정이 깊으면 너무 깊이 절개를 해야거든,

잊으시오, 용서하고, 타협하고, 합의를 하시오,

의사들 말이 지금은 피를 낼 시간이 아니랍니다.

훌륭하신 삼촌, 시작한 데서 끝나게 하십시다.

짐이 노포크 공작을 달래겠으니, 삼촌은 아드님을 달래세
요.

고온트의 존 평화 중재역이 제 나이에 걸맞지요.

내려놓아라, 아들아, 노포크 공작의 장갑을.

리처드 왕 노포크, 그의 장갑을 내려놓으시오.

고온트의 존 어서 내려놓지 않고 뭐하느냐, 해리?

효자는 애비한테 두 번 말하게 하지 않는 법.

리처드 왕 노포크, 내려놓으라! 짐이 명하노라, 어쩔 수가 없다.

모브레이 〔무릎을 꿇으며〕 제 몸을 던지겠습니다. 두려우신 폐하, 폐
　　하의 발 아래.

　　　제 생명을 폐하께서 지배하시지만, 제 수치를 지배하실 수
　　는 없음이옵니다.

　　　생명은 제 의무 사항이지만, 저의 정당한 이름은,

　　　제 무덤을 먹고사는 죽음을 불사할망정,

　　　시커먼 불명예에 처하도록 하지 못하십니다.

　　　저는 이 자리에서 모욕당했고, 고발당했고, 기사도를 공개
　　적으로 거부당했소,

　　　중상모략의 독 묻은 창에 영혼을 꿰뚫렸고,

　　　어떤 향유도 그것을 아물게 못합니다. 이 독을 발설한

　　　그의 가슴의 피 말고는.

리처드 왕 분노는 다스려야 하느니.

　　　그의 장갑을 내게 주시오. 사자가 표범을 온순하게 하는 것
　　이니.

모브레이 〔몸을 일으키며〕 그렇지요. 하지만 표범 얼룩을 바꾸지는
　　못하는 법. 제 치욕만 거두어 주신다면,

　　　저는 결투를 포기하겠습니다. 소중하고 소중한 저의 주군,

　　　필멸의 생애가 줄 수 있는 가장 순수한 보물은

　　　얼룩 없는 명성이오, 그것이 없으면,

　　　인간은 금칠한 찰흙, 혹은 페인트칠한 진흙에 불과합니다.

　　　열 겹 상자 속 비장의 보석이

　　　바로 충성스런 가슴 속 용감한 정신이라 할 것이오.

　　　저의 명예는 저의 생명입니다. 둘은 하나로 합쳐 크는 것입

니다.

제게서 명예를 가져가시면, 제 목숨도 끝입니다.

그러니, 소중한 나의 주군, 제 명예를 제가 시험케 해 주소서.

명예로 제가 살고, 명예를 위해 제가 죽을 것입니다.

리처드 왕 사촌, 자네가 장갑을 내려놓게. 자네가 먼저 하시라구.

볼링브루크 오 하나님 내 영혼이 그리 심각한 죄를 짓게 마소서!

아버님의 면전에서 제가 풀이 죽은 꼴을 보이란 말입니까?

혹은 창백한 거지처럼 겁을 집어먹고 내 직위를 모독하란 말이오

이 건방을 떠는 겁쟁이한테? 내 혀가

그런 유약한 잘못으로 내 명예에 상처를 입히게 하느니,

혹은 그토록 천박한 휴전 나팔을 불게 하느니, 내 이빨로 찢어 버릴 거요

취소하려는 그 두려움의 노예적인 도구를,

그리고 꼴불견으로 피를 철철 흘리는 그것을 배앝아 버리겠소,

치욕이 머물고 있는 곳, 바로 모브레이의 얼굴에다 말이오.

고온트의 존 퇴장

리처드 왕 짐은 탄원하러 태어나지 않고, 지배하러 태어났나니

짐이 두 사람을 친구로 만들 수 없게 되었는지라,

준비하라, 그대들의 목숨으로 답해야 하나니,

성 램버트 축일에 코벤트리에서 결투를 치를 것이다.

거기서 그대들의 칼과 창이 중재할 것이다

너희 둘의 고질적인 증오의 부풀어 오르는 차이를.
두 사람을 화해시킬 수 없게 되었으니, 짐이 보리라
정의가 기사의 결투에서 누굴 승자로 가리키는지.
의정관, 문장관들에게 일러
이 집안싸움을 준비케 하라.

모두 퇴장

1막 2장
고온트의 존 저택

고온트의 존, 랭커스터 백작, 글로스터 공작부인과 함께 등장

고온트의 존 아아, 내가 글로스터와 함께 나눈 피가

제수씨 절규보다 더 저를 졸라 대고 있어요,

그의 목숨 도살자를 응징해 달라고.

하지만 징계를 내려야 할 손이

바로 그 잘못을 저지른 손이고 그 잘못을 우리가 벌할 수 없는 처지니,

우리의 싸움을 하늘의 뜻에 맡겨 두겠다는 거죠,

그리고 하늘은, 지상의 시간이 무르익은 것을 보면,

뜨거운 복수를 범법자들 머리에 쏟아부을 것이고.

글로스터 공작부인 아주버님께서 품은 형제 우의의 박차가 어찌 그리 무디답니까?

피가 늙어 사랑도 식어 버렸단 말입니까?

에드워드의 일곱 형제는, 아주버님도 그중 한 분이시지만,

그분의 신성한 피가 담긴 약병 일곱 개,

혹은 한 뿌리에서 난 아름다운 일곱 가지 같았어요.

그 일곱 가지 중 몇은 자연의 경로에 따라 말라 버렸고,

몇은 운명에 의해 잘렸지요.

하지만 토머스, 나의 소중한 주인, 나의 생명, 나의 글로스터는,

에드워드의 신성한 피가 가득 담긴 병,

그분의 너무도 신성한 뿌리의 번창하던 가지 하나는,

깨지고, 소중한 액체가 모두 엎질러졌어요.

찍혀 나가고, 그의 여름 잎새가 모두 시들었다고요

증오의 손과 살인자의 피비린 도끼에 의해.

아, 고온트, 그의 피는 당신 피였어요! 똑같은 침대, 똑같은 자궁,

똑같은 기질, 똑같은 틀이 당신을 만들고,

그를 만들었다구요 사내로. 그리고 비록 당신이 살아 숨 쉰다고 하지만,

당신은 그 안에서 살해된 거예요. 아주버님은 동의한 거예요

꽤나 크게 당신 아버님의 죽음에

왜냐면 당신은 당신의 가련한 동생이 죽는 걸 보았고,

그 동생은 당신 아버지 삶을 빼박았으니까요.

그걸 인내라고 하시면 안 되죠, 고온트, 그건 절망이죠.

당신 동생이 도살되는 걸 그대로 두고 보는 것은,

당신 목숨이 무방비 상태라는 걸 공표하고,

험악한 살인자들에게 당신 도살 방법을 일러주는 거나 같아요.

보통 사람한테는 인내인 것이

고결한 가슴에는 창백하게 식은 비겁입니다.

제가 무슨 말을 하는지 모르세요? 아주버님 자신의 목숨을 지키는

가장 좋은 길이 나의 글로스터의 죽음에 대한 복수라는 겁니다.

고온트의 존 그 싸움은 하나님 것이오, 왜냐면 하나님의 대리인,

그분 모습으로 기름 부음을 받은 대표자가,

그의 죽음을 야기시켰으니. 그것이 그의 잘못이라면,

하늘이 복수할 밖에, 난 결코 들지 않겠소

나의 화난 두 팔을, 그분의 대행인에 맞서.

글로스터 공작부인 그렇다면 어디다. 아아, 저는 하소연을 해야 한단 말입니까?

고온트의 존 하나님께 하시오, 과부의 투사이자 방패시니.

글로스터 공작부인 그렇담 할 수 없죠. 그럴 밖에. 잘 가요, 늙은 고온트.

당신은 코번트리로 가시오, 가서 보시구려

우리 친척 헤러포드와 그 막돼먹은 모브레이가 결투하는 것을.

오, 내 남편이 당한 악행을 헤러포드의 창에 얹어,

그것이 도살자 모브레이의 가슴을 찌르게 하라!

혹은 불행히도 첫 회전에서 그리 안 된다면,

모브레이의 죄악이 그의 가슴에 너무도 무거워

거품 문 준마의 등을 부러트리고

말 탄 자 머리부터 경기장에 곤두박질쳐,

처참하게, 무릎 꿇게 하라, 내 친척 헤러포드에게!

잘 가세요, 나이 드신 고온트. 당신의 그 옛날 동생의 아내

는

　　그녀의 벗, 슬픔과 함께, 생을 마쳐야 할까 봅니다.

고온트의 존 　제수씨, 안녕히 계시오. 난 코번트리로 가 봐야겠소.

　　숱한 행운이 제수씨께 머물고 나도 따르기를.

글로스터 공작부인 　한마디만 더요. 슬픔이 떨어져 되튀는 것은

　　속이 비어서가 아니라, 무게가 있기 때문이죠.

　　이런 얘기 꺼내지 말고 떠나야겠지요.

　　슬픔은 다했음에도 끝나지 않는 것이라.

　　작은 아주버님, 에드먼드 요크께 문안 전해 주세요.

　　아아, 그게 다예요.—아니, 아직 그리 가지 마세요!

　　이 말이 다지만, 그리 빨리는 가지 마세요.

　　할 말이 더 생각날 거예요. 그분께 전해 주세요—아, 뭐
지?—

　　될 수 있는 대로 빨리 플레쉬 제 집으로 와 주십사고요.

　　아아, 그 착하고 나이 든 요크가 거기서 볼 게 뭐겠어요.

　　빈 방과 가구 없는 벽들,

　　하인 없는 하인 숙소, 인적 없는 돌계단 말고는,

　　그리고 제 한숨 말고는 그분을 맞을 게 뭐 있겠어요?

　　그러니 안부나 전해 주세요. 그분 그리 오라시지 마세요

　　와 봐야 도처 우리의 슬픔뿐일 테니.

　　처량하게, 처량하게 전 이곳을 떠나 죽을 거예요.

　　마지막으로 아주버님께 작별을 고합니다 울음 우는 저의 두
눈이.

　　　　따로따로 퇴장

1막 3장
코번트리 마상결투장

의자를 배치하는 문장관들과 함께 의정관, 그리고 오멀 공작 등장

의정관 나의 오멀 경, 해리 헤러포드가 무장을 갖추었소?

오멀 예, 모든 걸 갖추고, 입장을 신청했습니다.

의정관 노포크 공작은, 기세등등하고 용감하게,

　　　고소자의 나팔이 울리기만을 기다리고 있소.

오멀 그렇다면, 결투자들은 준비를 마쳤고, 이제

　　　폐하만 오시면 되겠군요.

　　　나팔 소리, 그리고 리처드 왕이 고온트의 존, 부시, 베이갓, 그린
　　　및 다른 귀족들과 함께 등장. 그들이 자리에 앉으면, 피고인 노포
　　　크 공작 모브레이가 무장을 갖추고, 모브레이 측 전령과 함께 등
　　　장.

리처드 왕 의정관, 저 투사에게 요청하라

　　　무장을 하고 이곳에 온 이유를.

　　　그의 이름을 묻고 정해진 절차에 따라 진행하라

　　　자신의 정의로운 명분에 대한 선서를.

의정관 〔모브레이에게〕 하나님과 폐하의 이름으로, 말하라 그대가

　　　누구인지,

    그리고 왜 기사 무장을 하고 이곳으로 왔는지,

    누구와 맞서기 위해 왔는지, 그리고 다툼의 내용이 무엇인지.

    말하라 진실로 그대의 기사직과 선서 위에,

    그대를 하늘과 그대 용기가 지켜 줄 수 있도록!

모브레이 제 이름은 토머스 모브레이, 노포크 공작이고,

    제가 한 선서에 따라 이리 왔소—

    하나님 앞에 기사가 선서를 어기는 일은 있을 수 없음이오—

    하나님과 폐하, 그리고 나의 후손들에 대한

    나의 충성심과 진실을 지키기 위해,

    나를 고소한 헤러포드 공작을 응징하고자 함이고,

    하나님의 은총과 나의 이 팔로

    입증코자 함이오, 나를 옹호함으로써,

    그가 나의 하나님, 나의 왕, 그리고 내게 배반자라는 것을.

    그리고 제가 진실되게 싸우나니, 하늘이여 저를 지켜 주소서!

> 그가 자리에 앉는다.
> 나팔 소리. 고소인인 헤러포드 공작 볼링브루크가 무장을 하고 자기 쪽 전령과 함께 등장

리처드 왕 의정관, 저기 무장을 한 기사에게 물으라

    그가 누구인지 그리고 어떤 이유로 이곳에 왔는지

    저런 장갑 무장 차림으로.

    그리고 의례를 통해, 법에 정해진 대로,

그의 명분의 정의로움을 선서케 하라.

의정관 〔볼링브루크에게〕 그대 이름은 무엇인가? 그리고 왜 이곳으로 와서

리처드 왕 앞에 폐하의 결투장에 섰는가?

누구를 응징하려는가? 그리고 다툼의 내용은?

진정한 기사답게 말하라, 그러면 하늘이 그대를 지켜 주리라!

볼링브루크 헤러포드, 랭커스터, 그리고 더비의 해리가

바로 접니다. 그리고 이 자리에 무장을 하고 선 것은

하나님의 은총과 내 육신의 용기로 입증하기 위해서입니다,

결투를 통해 토머스 모브레이, 노포크 공작,

그가 더럽고 위험한 반역을

하늘의 하나님과, 리처드 왕, 그리고 내게 자행했다는 것을.

그리고 내가 진실로 싸우나니, 하늘이여 날 지켜 주소서!

            그가 앉는다.

의정관 죽음의 징벌로 경고하건대, 그 누구도 건방지게

혹은 감히 결투장 일은 왈가왈부 못하오

의정관 및 공정한 진행을 맡도록

임명된 이 문장관들 말고는.

볼링브루크 〔일어서며〕 의정관, 내가 폐하의 손에 입 맞추고

폐하 앞에 무릎을 꿇을 수 있도록 해 주시오,

모브레이와 나 자신 두 사람은

길고 고단한 순례를 선서한 셈 아니오,

그러니 이별의 의식과

사랑의 작별을 우리들 각자 친구들과 하게 해 주시오.

의정관 〔리처드 왕에게〕 고소인이 온갖 의무를 다하여 폐하께 인사 드리며,

폐하의 손에 입을 맞추고 작별을 고하기를 앙망하나이다.

리처드 왕 짐이 내려가 그를 짐의 팔로 안으리다.

〔그가 의자에서 내려와 볼링브루크를 껴안는다〕

헤러포드의 사촌, 그대의 명분이 정당한 한,

그대의 운도 그러하리라 이 웅장한 결투에서.

안녕, 나의 피여, 그 피를 그대가 오늘 흘린다면,

짐은 애도할 수 있으나, 죽은 그대를 복수해 줄 수는 없나니.

볼링브루크 오, 고결한 어떤 눈도 남용 마소서 눈물을,

제가 모브레이의 창에 피칠갑이 된단들 절 위한 눈물은 필요 없습니다.

참새를 노린 매가 하늘로 치솟듯

자신만만하게 저는 모브레이와 싸울 것입니다.

〔의정관에게〕 사랑하는 의정관님, 이제 당신과 작별을 고하겠소,

〔오멀에게〕 그리고 그대와도, 나의 고결한 친척, 오멀 경,

병든 몸이 아니라, 죽음과 관계는 있지만,

활기찬, 젊은, 그리고 유쾌한 호흡의 작별이외다.

자, 잉글랜드 잔칫상이라도 받은 듯, 그렇게 나는 반기오

가장 맛있는 마지막 디저트를, 최후를 참으로 달콤하게 하기 위하여.

〔고온트에게, 무릎을 꿇으며〕 오 당신, 지상의 내 피를 지으신

분,

　당신의 젊은 정신이 제 안에 다시 태어나

　두 배의 활력으로 절 들어 올리고,

　내 머리 위 승리에 닿게 하소서.

　당신의 기도로 제 갑옷에 강도를 더해 주소서,

　그리고 당신의 축복으로 단련해 주소서 제 창의 촉을,

　하여 그것이 모브레이의 밀랍 코트를 찌르고

　고온트의 존의 이름을 새로 빛 발하게 하소서

　그 아들의 바로 그 활기찬 행동으로.

고온트의 존　하나님께서 너를 너의 훌륭한 명분으로 번창케 하시

기를!

　동작은 번개처럼 빠르게,

　그리고 공격은, 두 배의 두 배로,

　아연실색의 우레처럼 내리치거라,

　너의 상대인 간악한 원수의 투구를.

　네 젊은 피를 일깨우고, 용맹하거라, 그리고 살아남거라.

볼링브루크　〔일어서며〕나의 순결과 성 조지의 가호가 승리하기를!

모브레이　〔일어서며〕하나님 혹은 운명의 여신이 승부를 어떻게 정

해 놓으셨든

　여기서 살거나 죽나이다, 리처드 왕의 옥좌에 진실되게,

　충성스러운, 정당한, 그리고 올곧은 신사 한 사람이.

　포로가 아무리 홀가분한 마음으로

　자신의 예속 사슬을 떨쳐 내고 황금의 무제한 해방을

　포옹했단들, 제가 저의 반대자와 싸우는

　이 축제를 제 춤추는 영혼이

경축하는 것만은 못할 겁니다.

참으로 강력하신 주군, 그리고 나의 동료 귀족들이여,

내 입에서 행복한 날의 바람을 가져가시오.

흥청망청 주연에 참가하듯 가볍고도 즐거운 마음으로

난 싸우러 갑니다. 진실은 가슴이 침착한 법.

리처드 왕 안녕, 나의 경. 나는 자신 있게 볼 수 있소

그대 눈 안에 미덕이 용기와 함께 웅크리고 있는 것을.—

결투를 명하라, 의정관, 그리고 시작하라.

의정관 헤러포드, 랭커스터, 그리고 더비의 해리,

그대의 창을 받으라. 그리고 하나님 정의로운 자를 지켜 주

소서!

문장관이 창 하나를 볼링브루크에게 가져간다.

볼링브루크 희망에 가득 찬 탑처럼, 내가 '아멘'을 외치오!

의정관 〔문장관에게〕 이 창을 토머스, 노포크 공작에게 가져가거라.

문장관이 창 하나를 모브레이에게 가져간다.

첫 번째 전령 헤러포드, 랭커스터, 그리고 더비의 해리가

여기 섰소 하나님을 위해, 그의 주군과 자신을 위해,

위선자이자 겁쟁이로 낙인찍힐 것을 각오하고,

노포크 공작, 토머스 모브레이가

그의 하나님과, 그의 왕과, 그 자신에 대한 반역자임을 입증

키 위해,

그리고 결투의 시작을 재촉하는 바이오.

두 번째 전령 여기 섰소, 토머스 모브레이, 노포크 공작이,

위선자이자 겁쟁이로 낙인찍힐 것을 각오하고,

자신을 옹호하는 동시에

헤러포드, 랭커스터, 더비의 해리가

하나님께 그의 주군께 그리고 그 자신에게 불충한 자임을

입증키 위해,

용감하게 또 자유로운 소망으로

신호만을 기다리고 있소.

의정관 나팔을 불고, 결투자들을 출발시켜라!

　　　〔출발 신호 소리〕

　　　〔리처드 왕이 지휘봉을 던진다〕

멈춰라, 왕께서 지휘봉을 내던지셨다.

리처드 왕 두 사람 모두 투구와 창을 치우고

의자로 다시 돌아가게 하라.

　　　〔볼링브루크와 모브레이가 무장을 풀고 앉는다〕

〔귀족들에게〕 짐과 함께 자리를 물러납시다. 그리고 나팔을
불게 하라

짐이 이 두 공작에게 다시 명을 하달하는 동안.

　　　〔길고 화려한 취주. 그동안 리처드 왕과 그의 귀족들이 물러나 회
　　　의를 열고, 그런 다음 앞으로 나온다. 리처드 왕이 볼링브루크와
　　　모브레이에게 말을 건넨다〕

가까이 오라, 그리고 들으라 짐이 회의에서 내린 결정을.

짐의 왕국 땅이 그 스스로 키운

소중한 피로 물들 수는 없는 것이니,

그리고 짐의 두 눈은 시민의 상처가 이웃의 칼로 난자되는

그 무시무시한 광경을 증오하나니,

그리고 짐의 생각에 하늘로 치솟는 야망의

　　　독수리 날개 달린 오만이

　　　경쟁자를 증오하는 시기심으로 두 사람을 부추겨

　　　짐의 평화를 깨트리려는 것이라, 그 평화는 우리 조국의 요
· 람에서

　　　포근한 잠의 달콤한 아기 숨을 쉬고 있는데,

　　　그것이, 요란굉장한 시끄러운 북소리로,

　　　거칠게 울리는 나팔의 끔찍한 소리로,

　　　그리고 분노에 찬 쇠 무기의 귀에 거슬리는 충격과 함께 발
생한 그 광경이,

　　　짐의 고요한 영역 밖으로 아름다운 평화를 놀래켜 쫓아낼
수 있는 고로,

　　　그리고 짐으로 하여금 심지어 친척의 핏물을 헤치고 나아가
게 할 수 있는 고로,

　　　짐은 두 사람을 짐의 영토에서 추방하노라.

　　　그대, 사촌 헤러포드는, 죽음의 징벌로 경고하노니,

　　　열 번의 여름이 우리 들판을 풍요로이 할 때까지는

　　　짐의 아름다운 영토를 다시 보지 못하고,

　　　추방의 외국 길을 밟아야 하리라.

볼링브루크　폐하 뜻대로 하소서. 저에게 위안이 되어 줄 것은

　　　폐하를 이곳에서 따스하게 비추는 그 태양이 저 또한 비출
것이며,

　　　이곳에서 태양이 폐하께 빌려 주는 그 황금 광선이

　　　저 또한 가리키고 저의 추방을 황금빛으로 물들이리라는 것
입니다.

리처드 왕 노포크, 그대에게는 더 무거운 형이 남아 있고,
　　　그것을 공표하자니 언짢도다.
　　　살금살금 느리게 가는 시간은 끝내 주지 않을 것이다
　　　그대 쓰라린 추방의 무한한 기간을.
　　　'영구 추방'이라는 절망적인 단어를
　　　내가 그대에게 내뱉노라, 죽음의 징벌로 경고하면서.
모브레이 무거운 형이군요. 참으로 군주다우신 폐하,
　　　폐하 입에서는 전혀 예상치 못했구요.
　　　보다 나은 보답을, 그 정도가
　　　맨땅으로의 추방보다는 덜한 조치를
　　　폐하께서 내려 주시리라 저는 믿었습니다.
　　　지금까지 40년 동안 배운 언어,
　　　나의 모국 잉글랜드어를, 이제 저는 버려야 하고,
　　　내 혓바닥의 용도는
　　　줄이 풀린 6현금 혹은 하프 신세로군요,
　　　아니면 잘 만들어졌으나 상자에 담긴 신세,
　　　아니면, 상자는 열렸으나, 들고 있는 손이
　　　화성을 어떻게 낼지 모르는 신세.
　　　제 입속에 폐하는 제 혀를 가두시고,
　　　이빨과 입술 이중으로 쇠문을 잠그시는 겁니다.
　　　그리고 멍청하고 무감하고 메마른 무지를
　　　간수로 임명하여 절 지키게 하시는 거죠.
　　　저는 유모에게 아양 떨기에는 너무 늙었고,
　　　이제 학생이 되기에도 너무 먼 세월을 지나왔습니다.
　　　그렇다면 폐하께서 내리시는 형은 말 못하는 죽음이 아니고

무엇이겠습니까,

　　내 혀의 모국어 숨통을 끊어 버리는데?

리처드 왕 그대 슬퍼해도 소용이 없다.

　　짐의 언도가 내린 이상, 비탄은 너무 늦은 것이나니.

모브레이 그렇다면 이렇게 저는 내 조국의 빛으로부터 몸을 돌려,

　　끝없는 밤의 무거운 그림자 속에서 살겠습니다.

리처드 왕 다시 돌아서라, 그리고 선서를 하거라.

　　〔두 사람 모두에게〕 짐의 왕검에 너희의 추방된 손을 올려놓거
라.

　　맹세하라 너희가 하나님께 바쳐야 할 의무에 의거—

　　그중 짐의 몫은 너희들과 함께 추방하노니—

　　짐이 시키는 선서를 지키겠다고.

　　너희는 결코, 진실과 하나님 앞에 맹세코,

　　추방 중 상대방의 사랑을 받아들이면 안 된다,

　　결코 상대방의 얼굴을 보아서도 안 되고,

　　결코 편지를 쓰거나, 만나거나, 화해시켜서도 안 된다,

　　이 땅에서 생겨난 증오의 이 험악한 폭풍우를,

　　결코 의도적으로 만나

　　어떤 나쁜 짓을 꾸미고, 꾀하고, 혹은 공모하여

　　짐과 짐의 국가, 짐의 신하, 혹은 짐의 땅을 겨냥하면 안 된
다.

볼링브루크 맹세합니다.

모브레이 저도, 이 모든 걸 지킬 것을.

볼링브루크 노포크, 아직까지도 나의 적이다만

　　지금쯤, 왕께서 우리에게 허락하셨다면,

우리 영혼 중 하나는 허공을 떠도는 신세일 게야,

이 연약한 육체의 관에서 추방된 채,

지금 우리 육체가 이 땅에서 추방된 것처럼 말이다.

왕국을 도망치기 전에 네 반역죄를 고백하시지.

멀리 가야 할 텐데, 오래 지고 갈 수는 없잖겠는가

죄지은 영혼의 거추장스러운 짐을.

모브레이 천만에, 볼링브루크, 만에 하나 내가 반역자였다면,

영생의 책에서 내 이름을 지워도 좋다.

여기서 그렇듯 하늘에서 추방되어도 좋고.

그러나 너의 정체는, 정말, 네가, 그리고 내가 잘 알지,

너무도 이르게 왕께서 후회하실까 봐 걱정이다.

안녕히 계십시오, 폐하. 이제 전 길을 잃을 수가 없군요,

잉글랜드로 돌아오는 길 말고는, 온 세상이 저의 길이니까

요. 〔퇴장〕

리처드 왕 삼촌, 삼촌의 눈 유리창에조차

삼촌의 쓰라린 가슴이 서려 있군요. 삼촌의 슬픈 모습이

그의 추방 햇수에서

넷을 뽑아 버렸습니다. 〔볼링브루크에게〕 여섯 번의 얼어붙은

겨울을 보낸 후

그대가 추방지에서 돌아오면 짐이 반가이 맞을 것이노라.

볼링브루크 얼마나 긴 시간이 단 한 마디 속에 들어 있는지요!

네 번의 뒤처진 겨울과 네 번의 화사한 봄이

한마디로 끝나옵니다. 과연 군왕의 말씀이옵니다.

고온트의 존 폐하께 감사드립니다 저를 보아

제 아들의 추방 기간을 4년이나 줄여 주신 것에 대해.

하지만 전 그것으로 별 이익을 얻지 못할 겁니다,

그가 보내야 할 6년의 세월이

달을 바꾸고 시간을 다 보내기 전에,

저의 기름 마른 등잔과 시간에 사윈 등불은

나이 및 영원한 밤과 함께 꺼질 것이니까요.

1인치 남은 나의 가느다란 초가 마저 다 타 버리고,

눈을 가린 죽음은 내가 내 아들을 보게 해 주지 않겠지요.

리처드 왕 아니, 삼촌, 앞으로도 오래 사실 텐데요 뭐.

고온트의 존 하지만 단 1분도, 왕이시여, 왕께서는 주실 수가 없소.

급작스런 슬픔으로 나의 나날을 단축시킬 수는 있죠,

밤들을 내게서 뽑아 갈 수도 있고, 하지만 내일을 빌려 줄 수는 없는 법.

폐하께서는 시간을 도와 나를 나이의 깊은 주름살투성이로 만드실 수 있으나,

그의 순례 동안 주름 하나라도 돌이키지는 못하시옵니다.

폐하의 말씀은 시간과 함께 저를 죽이실 수 있으나

죽고 나면, 폐하의 왕국으로도 저를 되살릴 수 없지요.

리처드 왕 그대 아들의 추방은 좋은 의논을 따른 것이었소,

그 결정에 그대 혀도 한몫을 했고,

그런데 왜 짐의 정의를 그대는 못마땅해 하는 눈치인가?

고온트의 존 입맛에 달콤한 것이 위장에서 쓰기도 한 법이죠.

폐하께서는 저의 판단을 재촉하셨지만, 저는 오히려

아비로서 논하라고 폐하께서 명하시기를 바랐습니다.

아아, 난 여러분 중 누가 말해 줄 거라 생각했지요,

내 자식을 내가 내쫓는 건 너무한 거 아니냐고요.

　하지만 여러분은 마지못한 내 혀를 그냥 내버려 두었군요.

　내 뜻에 반하여 이런 해악을 나 자신에게 저지르도록 말이
죠.

　오 그게 낯선 이였다면, 내 아들이 아니라,

　그의 잘못을 얼버무려 주기 위해 내가 더 부드럽게 굴었을
텐데.

　편파적이라는 의심을 피하려던 건데,

　언도를 내려 내 자신의 생명을 망가트리다니.

리처드 왕　사촌, 잘 가시게. 그리고 삼촌, 그러라고 하세요.

　6년 동안 그를 추방하니, 그는 떠나야 할 것이다.

　　화려한 취주. 오멀, 의정관, 고온트의 존, 그리고 볼링브루크만 남
　　고 모두 퇴장

오멀　〔볼링브루크에게〕 친척, 잘 가요. 부재 중이라 내게 직접 할 수
없는 말이 있으면,

　머무는 곳에서 편지를 보내라구.

의정관　〔볼링브루크에게〕 나의 영주님, 난 작별 인사 안 하겠소, 말
을 타고

　육지 끝까지 동행할 것이니.

고온트의 존　〔볼링브루크에게〕 오, 도대체, 뭐에 쓸라고 말을 꾹꾹 눌
러 쌓아 두는 게냐,

　네 친구들 인사도 받지 않고?

볼링브루크　자네들 작별 인사에 내 할 말이 너무 없군,

　혀가 하는 일이 아낌없이

가슴에 충만한 비탄을 쏟아내는 것인 때라서.

고온트의 존 네 슬픔은 단지 얼마 동안 여기 없다는 것뿐이다.

볼링브루크 기쁨이 없고, 슬픔이 있는 동안이죠.

고온트의 존 겨우 여섯 번이 대수야? 금방이야.

볼링브루크 기쁜 자한테는 그렇죠, 하지만 슬픔은 한 시간을 열 시
　　간으로 만들어요.

고온트의 존 재미삼아 하는 여행이라고 생각하거라.

볼링브루크 그렇게 잘못 부르면 내 마음은 한숨지을 거예요,
　　강요된 순례로 알고 있거든요.

고온트의 존 네 지친 발걸음의 부루퉁한 행로를
　　금속 박편으로 여기고 그것으로
　　네 귀향의 소중한 보석을 더욱 돋보이게 하면 되느니.

볼링브루크 아니죠, 오히려 내가 옮기는 지겨운 발걸음마다
　　내게 상기시켜 줄 뿐이겠죠, 내가 얼마나
　　내가 사랑하는 보석으로부터 떠나왔는가를.
　　전 오랜 기간의 도제 노역을
　　외국 길에다 바치고, 결국에는,
　　자유를 얻는다 해도, 자랑할 것이
　　제가 슬픔으로의 여행자였다는 것밖에 더 있겠어요?

고온트의 존 하늘의 눈이 방문하는 모든 곳이
　　현자에게는 항구고 행복한 정박지인 것.
　　너의 역경에게 이렇게 생각하라고 가르치거라.
　　역경만한 미덕은 없다.
　　왕이 너를 추방했다고 생각 말고,
　　네가 왕을 추방했다고 생각해. 비탄은 더 무겁게 내려앉는

다

　견딤이 아주 허약해 보이는 곳에.

　가거라, 내가 명예를 획득해 오라고 널 보냈다고 쳐,

　왕이 널 추방한 게 아니고. 아니면 가정을 하거라

　마구 잡아먹는 역병이 잉글랜드에 만연하고

　너는 공기가 더 깨끗한 곳으로 피해 가는 중이라고.

　네 영혼이 소중히 여기는 그 무엇이든, 상상해

　그것이 네가 가는 길 앞에 있다고, 네가 떠나온 곳이 아니

라,

　가정을 해, 노래하는 새들이 연주자들이고

　네가 밟는 풀이 국왕 친견실 골풀이고,

　꽃들이 아름다운 여인들이고. 네 발걸음은 바로

　기쁨에 찬 춤 동작 혹은 춤이라고.

　왜냐면 으르렁대는 슬픔도 물어뜯는 힘이 약해지는 법이다,

　그것을 경멸하고 가볍게 보는 사람한테는.

볼링브루크　오, 누가 자기 손에 불을 쥘 수 있겠어요

　서릿발 코카서스 산맥을 생각한단들,

　혹은 누가 통렬한 식욕을 물리게 하겠어요

　순전한 축제의 상상만으로,

　혹은 알몸으로 12월 눈 속을 뒹굴겠어요

　상상의 여름 더위를 생각한단들?

　오, 아니죠, 좋은 것 생각해 봐야

　나쁜 것만 더욱 쓰라리게 느껴질 뿐이죠.

　악랄한 슬픔의 이빨은 가장 괴롭죠

　깨물지만, 고름을 뽑아내지 않을 때.

고온트의 존 자, 가자, 내 아들, 내가 바래다주마.

내가 너의 젊음과 명분을 지녔다면, 꾸물대고 싶지 않았을
거야.

볼링브루크 그럼 잉글랜드 땅이여, 잘 있거라. 상냥한 흙이여, 안
녕,

아직도 나를 낳아 주는 나의 어머니이자 유모여!

어디를 떠돌던, 난 이렇게 자랑할 수 있어,

나는 비록 추방되었으나, 적출의 잉글랜드인이다.

모두 퇴장

1막 4장
궁정

한쪽 문에서 리처드 왕이 그린 및 베이갓과 함께, 그리고 다른 쪽 문에서 오멀 경이 등장

리처드 왕 짐이 살펴보았소.—사촌 오멀,

고매하신 헤러포드를 어디까지 배웅했나?

오멀 고매하신 헤러포드를, 폐하께서 그리 부르시니 말입니다만,

바로 큰길까지 바래다주고, 거기서 저는 돌아왔습니다.

리처드 왕 그것도 말해 보게, 작별의 눈물을 얼마나들 흘리던가?

오멀 사실, 전 하나도 안 흘렸습니다. 다만 북동풍이,

그때 어찌나 매섭게 얼굴을 때리던지,

잠자던 눈물을 깨웠고, 그래서 우연히

우리의 텅 빈 작별을 눈물로 적셔 주었지요.

리처드 왕 헤어질 때 우리 사촌이 뭐라 하던가?

오멀 '안녕.' 그리고 제 마음은 내 혀가 그 말을

모독하기 싫어하던 차에, 그의 마음이 제게 가르쳐 준 셈이

죠

슬픔에 너무 짓눌려

말이 슬픔의 무덤에 파묻혀 버린 것 같은 척하는 기술을.

정말, '안녕'이란 말이 시간을 늘이고

햇수를 그의 짧은 추방 기간에 보태는 거였다면,

그는 책 한 권 분량의 안녕 소리를 들었을걸요,

하지만 그런 게 아니므로, 전 그와 작별 인사를 하지 않았습니다.

리처드 왕 사촌, 그는 짐의 사촌이오, 하지만 모르겠군,

시간이 지나 추방이 끝나고 귀국하게 되면,

짐의 친척이 그의 친구들을 보러 올지.

짐 자신과 부시, 여기 있는 베이갓, 그리고 그린이

살펴보았소, 평민을 향한 그의 구애를,

그가 그들의 마음을 파고드는 것처럼 보이더군,

겸손하고 친근한 태도로,

노예들한테 관심을 마구 쏟아 주고,

가난한 직공들을 꼬드겼다더군, 미소의 기술로

그리고 자신의 불행을 참을성 있게 견디는 모습으로 말이오.

마치 그들의 애정을 갖고 자기가 망명지로 가기나 하는 듯.

굴 파는 계집한테 모자를 벗어 인사를 했다더라고.

마차꾼 두 명이 하나님이 보우하사 잘 가십시오 그러니까

그가 그 유연한 무릎을 굽히며

'고맙소, 나의 동포들, 나의 사랑하는 친구들이여' 그랬다오.

마치 짐의 잉글랜드가 계약 만료되면 자기 것이고,

자기가 짐의 백성들이 생각하는 왕위 계승자라는 듯이.

그린 어쨌든, 그는 갔습니다, 그와 함께 이런 생각들도 사라졌고요.

이제 문제는 아일랜드 봉기 반란군인데요.

신속한 조치가 이뤄져야 합니다, 폐하,

더 늦추다가는 그들에게 더 많은 수단을 내주게 되어

그들은 더 유리해지고 폐하의 손실은 더 커질 것입니다.

리처드 왕 짐이 몸소 이 전쟁에 참가하겠소.

그리고 짐의 재정이 너무 비대한 궁정 살림과

후한 부조로 다소 궁핍해졌으므로,

짐은 짐의 조세권을 대여하고,

그 수입을 경비 삼아

긴박한 우리 사태를 해결할 밖에 없소. 그래도 모자라면,

짐의 국내 대리인들이 백지 국채를 발행하고,

부자들을 찾아내어 거액의 금화를 빌려 주는 서명을 하게

한 후,

그들이 보낸 돈으로 짐의 부족분을 채울 것이오

짐은 즉시 아일랜드로 향할 것이니까.

　　　〔부시 등장〕

부시, 무슨 일인가?

부시 원로 고온트의 존께서 위독하십니다, 폐하,

급작스레 병마가 덮쳤고, 급히 인편을 보내어

폐하의 왕림을 앙청하고 있나이다.

리처드 왕 병상은 어디인가?

부시 엘리 저택이옵니다.

리처드 왕 부디 새겨 주소서, 하나님, 그의 주치의 마음에

그를 즉시 그의 무덤으로 인도하겠다는 생각을.

그의 금고 속에 든 액수면 외투를 지어 줄 수 있다,

이 아일랜드 전쟁을 위한 짐의 병사들이 입을 외투 말이다.

갑시다, 신사분들, 모두 가서 그를 찾아뵙시다.

신이여 부디 우리가 서두르고 또한 너무 늦게 도착토록 하소서!

모두 퇴장

제2막

아, 리처드! 무거운 마음의 눈으로
나는 보노라 그대의 영광이, 운석처럼,
창공으로부터 비천한 지구로 추락하는 것을.
그대의 태양이 낮게 가라앉은 서쪽에서 울면서 지고 있도다,
장차 다가올 폭풍우, 비탄과 사회 불안을 증언하면서.

2막 1장

엘리 저택

♛

병색이 짙은 고온트의 존, 랭커스터 공작이 의자에 실려 요크 공
작과 함께 등장

고온트의 존 왕이 올까, 그리하여 내가 마지막 숨을

　　그의 걷잡을 수 없는 젊음에 대한 건전한 충고로 내뱉을 수

있을까?

요크 마음 쓸 것 없어요, 숨을 가쁘게 몰아쉴 것도 없고,

　　도대체 말을 안 들어 먹는 위인 아닙니까.

고온트의 존 오, 하지만 죽어 가는 사람의 혀는

　　주의를 강요한다지 않던가, 깊은 화성처럼.

　　말이 드문드문 하면, 좀체 그냥 흘려들을 수가 없는 법,

　　고통으로 말을 내뱉는 사람은 진실을 내뱉는 것이거든.

　　더 이상 말할 수 없는 사람의 말은 듣는 이 귀에 더 새겨지

게 마련이야

　　젊음과 방종한테 그럴 듯한 말솜씨를 배운 사람의 말보다

는.

　　사람들의 최후가 그 이전 생애보다 더 주의를 끄는 법이고.

　　지는 해, 그리고 마지막에 달한 음악이,

　　달콤한 것의 마지막 맛처럼, 마지막이라 가장 달콤하지,

오래전 것보다 기억에 더 새겨지는 거지.

　　비록 리처드가 내 평생 동안의 충고를 들으려 하지 않았지만,

　　내 죽음의 슬픈 이야기는 그의 귀를 뚫을지도 몰라.

요크　어림없어요. 그 귀는 다른 아첨의 소리로 꽉 막혔는걸요.

　　이를테면 상찬, 현자들이 그 맛을 경계하지만,

　　음탕한 운율, 그 독 묻은 소리에

　　젊음의 열린 귀는 언제나 귀를 기울이지,

　　득의양양한 이탈리아의 패션 소식,

　　이 나라 양식을 철 지난 흉내의 우리 나라는

　　천박한 모방으로 절뚝거리며 좇지.

　　세상에 생겨난 부황한 것치고—

　　새롭기만 하면 아무리 사악해도 상관이 없어요—

　　재빨리 그의 귀에 시끌벅적 들어가지 않은 게 있나요?

　　그렇다면 충고는 너무 늦은 거예요, 들릴 리가 없지

　　제멋대로 의지가 건전한 판단을 뒤엎어 버리는 판에.

　　제 갈 길 제가 선택한다는데 이래라 저래라 할 거 없어요.

　　형은 숨이 모자라는데, 그 숨마저 끊어진다구요.

고온트의 존　내가 새로 영감을 받은 예언자 기분이고,

　　그러니, 숨을 거두면서, 왕에 대해 할 예언이 있다.

　　그의 조급한, 낭비벽의 광채는 오래가지 못해,

　　격렬한 불은 이내 자기 자신을 불태워 버리니까.

　　적은 비는 오래 지속되지만, 급작스런 폭우는 짧다.

　　일찍부터 너무 빠르게 박차를 가하는 자 일찍 지치지.

　　게걸스레 먹는 음식은 먹는 자를 질식시키고.

경박한 허영은, 만족을 모르는 대식가 가마우지,
먹이를 다 해치우고, 이내 자기 자신을 먹어 치운다.
이 위풍당당한 왕들의 옥좌, 이 왕홀의 섬,
장엄의 이 대지, 마르스의 이 거처,
또 하나의 이 에덴, 천국의 모형,
자연이 자신을 위해 지은 이 요새,
질병과 전쟁의 손을 거부하는,
이 행복한 인간 종족, 이 작은 세계,
은빛 바다에 박힌 이 소중한 보석,
바다는 그것에 성벽 노릇을 하고,
혹은 덜 행복한 나라의 악의를 물리치는
집 주변 방어 해자 노릇을 하고,
이 복받은 구획 땅, 이 대지, 이 영역, 이 잉글랜드,
이 유모, 고귀한 왕들이 넘쳐나는 이 자궁,
물려받은 용기로 남의 두려움을 사고 태생으로 유명한 왕들
의,
　왕들은 저명하다, 조국에서 멀리 떨어진 곳에서 행한
기독교적 복무와 진정한 기사도의 행위로,
세계의 속죄양, 축복받은 마리아의 아들의
무덤이 있는, 완고한 유대땅에서 행한 행위로.
그런 소중한 영혼들의 이 나라, 소중하고 소중한 이 나라,
전 세계에 떨친 명성으로 소중한 이 나라가,
이제 임대용으로 전락한 신세—이 말 하자니 죽겠구나—
임대차 부동산 혹은 하찮은 농장 신세로다.
잉글랜드, 승리의 바다로 둘러싸여,

바위 절벽 해변으로 물의 넵튠의
공격을 격퇴하더니, 이제 치욕으로 둘러싸였구나,
잉크 얼룩과 썩은 양피지 백지 채권 증서로.
다른 나라 정복을 일삼던 잉글랜드가
수치스럽게 스스로를 정복했으니.
아, 그 추문이 내 생명과 함께 사라지기를,
그렇다면 뒤따를 나의 죽음은 참으로 행복할 것인데!

리처드 왕, 왕비, 오멀 공작, 부시, 그린, 베이갓, 로스 경, 그리고
윌러비 경 등장

요크 왕이 왔어요. 그의 젊음을 부드럽게 대하세요,
젊고 다혈질인 망아지는, 고삐를 죌수록 더 길길이 날뛰는
거니까.
왕비 우리 고결한 삼촌 랭커스터는 환후가 어떠시오?
리처드 왕 기운 좀 차리셨어요, 아저씨? 연로하신 고온트 좀 어떠
시오?
고온트의 존 오, 고온트, 수척하다는 제 이름이 제 몸 상태에 딱 맞
는군요!
늙은 고온트 맞지요, 늙었으니 고온트고요.
내 안에 슬픔이 지리한 단식을 하고 있습니다,
그리고 고온트 아닌 누가 금식을 하겠습니까?
잠든 잉글랜드를 위해 저는 오랫동안 깨어 있었습니다.
잠을 안 자면 야위고 야윈 것이 온통 고온트죠.
어떤 아버지들한테는 일용의 양식이나 다름없는 기쁨이
저의 엄한 단식입니다, 내 아이 얼굴 말입니다.

그리고 그렇게 금식을 하니, 폐하는 저를 고온트로 만드신
거죠.

저는 무덤을 위해 고온트며, 무덤처럼 고온트입니다,

무덤의 텅 빈 자궁은 뼈 말고는 아무것도 물려주지 않으니
까요.

리처드 왕 병환 중이신 분이 이름 갖고 그리 정교한 말장난을 펼
치십니까?

고온트의 존 아니죠. 비참이 장난으로 자신을 경멸하는 거죠.

폐하께서 참으로 제 안의 제 이름을 죽이고자 하시니,

제가 제 이름을 조롱하여, 위대한 왕이시여, 폐하께 아첨하
려는 것이옵니다.

리처드 왕 죽어 가는 사람이 산 사람한테 아첨을 떨다니요?

고온트의 존 아니, 아녜요. 살아 있는 사람이 죽는 사람한테 아첨
을 떠는 겁니다.

리처드 왕 그대가 지금 죽어 가면서 말하고 있지 않소, 그대가 내
게 아첨을 떨고 있다고.

고온트의 존 오 아녜요. 폐하가 죽은 거예요. 내가 더 아프긴 하지
만.

리처드 왕 난 건강하오. 숨을 쉬고, 그대가 아픈 게 보이기도 하
고.

고온트의 존 저를 만드신 그분이 지금 아십니다, 내 눈에 폐하가
문제 있어 보인다는 것을.

내 자신 너무 문제가 있어 잘 안 보이고, 폐하 안의 문제가
내 눈에 보인다는 것을.

폐하의 임종 침상은 폐하의 나라보다 작지 않습니다.

그 안에 폐하는 악명 높게 누워 계시는 거죠,

그리고 폐하는, 워낙 경솔한 환자시라서,

폐하의 기름 부어진 옥체의 치료를 맡기셨다는 의사들이

바로 처음에 폐하를 상처 입혔던 자들이니 할 말 다했죠.

1천 명의 아첨꾼들이 폐하 왕관 안에 앉아 있어요,

왕관 둘레가 폐하 머리보다 크지 않은데도 말이죠,

그리고 그렇지만, 그토록 작은 특수 구역을 임대하고 있어도,

그들이 파손하는 것은 더도 덜도 아닌 폐하의 나라 전체인걸요.

오, 폐하 할아버님께서 예언자의 눈으로

자신의 아들의 아들이 그의 아들들을 어떻게 파괴하는가를 보셨다면,

그분은 폐하의 치욕을 폐하의 손 닿지 않는 곳에 두기 위해,

왕관을 쓰기 전 폐하를 폐위시켰을 것인데,

이제 폐하께서 악마에 들린 듯 미쳐 날뛰며 스스로를 폐위시키려 하시는군요.

아니, 친척, 그대가 설령 세계의 지배자라 할지라도,

이 땅을 임대하는 것은 치욕이었을 거요.

그러니, 그대의 세계는, 이 나라가 전부인데,

이 나라에 그런 치욕을 안기는 것은 치욕보다 더한 짓 아닌가?

잉글랜드의 지주이다, 지금 그대는, 왕이 아니라.

그대의 법적인 지위는 법으로 묶인 노예에 다름 아냐,

그리고—

리처드 왕 그리고 네놈이, 이 미치고 치매 걸린 멍텅구리가,

    오한을 빌미삼아 오만방자하게도,

    너의 그 오한 들린 훈계로 감히

    짐의 뺨을 창백하게 하고, 왕의 피를

    분노로써 그 원래 거처에서 내쫓으려 하는구나.

    이제 내 옥좌가 보장하는 정당한 왕권에 의거,

    네가 위대한 에드워드 아들의 동생이 아니었다면,

    네 머리통에서 한참을 제멋대로 찧고 까부는 이 혀가

    네놈 대갈통을 불손한 네놈 어깨에서 굴러 내리게 했을 것이다.

고온트의 존 오, 나를 봐줄 것 없구나, 내 형님 에드워드의 아들이여,

    내가 그의 아버지 에드워드의 아들이라고 한들.

    그 피는 이미, 펠리컨처럼,

    네가 마개를 따고 만취토록 마셔 버렸나니.

    내 동생 글로스터, 꾸밈없고 호의적인 영혼—

    천국의 행복한 영혼들 사이에서 잘 지내기를—

    그가 전례이고 훌륭한 증인이지,

    네가 에드워드의 피를 흘리게 하는 데 주저하지 않는다는.

    내가 지금 앓고 있는 이 병에 합류하거라,

    그리고 네 고약한 성질을 허리 굽은 나이 삼아,

    당장 꺾어 버리자꾸나, 너무도 오래 시든 꽃을.

    치욕으로 살거라, 하지만 네 치욕이 너보다 오래 살기를.

    이 말들이 앞으로 너를 고문하게 될 것이다.

    〔시종들에게〕 나를 침대로, 그런 다음 무덤으로 실어 가 다오.

사랑과 명예를 지닌 자가 살기를 좋아하는 법이니.

> 의자에 실려 퇴장

리처드 왕 그리고 죽으라지 늙고 부루퉁한 자는,
　　　네놈은 둘 다이니, 둘 다 무덤에 어울리고 말야.
요크 참으로 바라옵건대 폐하 그의 말을
　　　병환과 나이로 인한 횡설수설로 생각해 주소서.
　　　그는 폐하를 사랑하옵니다. 제 목숨을 걸고 맹세컨대, 그리
　　고 폐하를 소중히 여기옵니다
　　　헤러포드 공작 해리 못지않게요. 그가 여기 있다면.
리처드 왕 맞아요. 사실이죠. 헤러포드의 사랑만큼이겠지, 그의
　　　사랑도.
　　　그들의 사랑만큼이요. 내 사랑도. 만사가 그렇지.

> 노섬벌랜드 백작 등장

노섬벌랜드 폐하, 노 고온트 경께서 폐하께 문안 여쭈어 달라 하십
　　니다.
리처드 왕 그가 뭐랍디까?
노섬벌랜드 아니, 아무 말도요. 모든 말이 끝났습니다.
　　　그의 혀는 지금 줄 없는 악기입니다.
　　　말, 생명, 그리고 모든 것을, 노 랭커스터는 다 써 버렸습니
　　다.
요크 그렇게 파산할 다음 차례가 요크이게 하라!
　　　죽음은 가난하지만, 세속의 번뇌를 끝내 주나니.
리처드 왕 가장 무르익은 과일이 먼저 떨어지는 법이라더니, 그가

그렇군요.

그의 시간은 다했소. 우리의 순례는 지속되어야 하고.

그 일은 그 정도로 하고. 이제 우리 아일랜드 전쟁 얘기를 해야 하오.

짐은 이 조잡한 아일랜드 털보 경보병들을 쓸어 내야겠소,

이자들이 독뱀처럼 살고 있는데 그곳은

독뱀이 없다더니 유독 이자들만 무슨 특권인지 모르겠단 말이오.

그리고 이런 대사를 치르자면 상당한 비용이 필요하니,

그 충당을 위해 짐은 몰수하겠소

식기류, 금화, 세입, 그리고 개인 재산 등

짐의 삼촌 고온트가 소유한 일체를 몰수하겠소.

요크 〔방백〕 얼마나 오랫동안 내가 참아야 하지? 아, 얼마나 오랫동안

양심적인 의무감 때문에 내가 부당한 일을 겪어야 하는가?

글로스터의 죽음도, 헤러포드의 추방도,

고온트의 꾸짖음도, 잉글랜드가 개인한테 저지른 부당 행위도,

불쌍한 볼링브루크의

결혼에 대한 방해도, 내 자신의 불명예도,

내 인내의 뺨을 앵돌아지게 만들거나

눈살 한 번 찌푸리게 한 적 없다 내 주군 앞에서.

난 고결한 에드워드의 아들 중 막내고,

그중 네 아버지, 왕세자 웨일즈 공은, 첫째였다.

전시에는 어떤 사자도 더 거세게 분노한 바 없고,

평화 시에는 어떤 마음씨 착한 사슴도 더 부드러운 바 없었다,

그 젊고 군주다운 신사보다는.

그의 얼굴을 넌 하고 있어, 바로 그렇게 생겼었으니까

그가 네 나이 때는.

그러나 그가 노려볼 때 그 표적은 프랑스인이었지,

그의 친구들이 아니었다. 그의 고결한 손이

쓴 것은 쟁취한 것이었어, 쓰지 않았다,

승리한 그의 아버지의 손이 쟁취한 것은.

그의 손은 친척을 피 흘리게 만든 적이 없다,

다만 그의 친척을 위해 피비리게 싸웠을 뿐.

오, 리처드, 요크는 슬픔으로 과도하게 나아갔구나,

아니면 그분과 널 결코 비교하지 않았으리라.

리처드 왕 왜요 삼촌, 무슨 일 있어요?

요크 오, 나의 주군,

괜찮으시다면 절 용서하소서. 아니시면, 저는, 괜찮아요

용서받지 못해도, 그래도 좋습니다.

폐하께서는 몰수하여 폐하 손에 거머쥐려고 하시는 겁니까,

추방당한 헤러포드가 폐하한테 부여받았던 특권과 권리를?

고온트가 방금 돌아가지 않았습니까? 그리고 헤러포드가

살아 있지 않은가요?

고온트는 정의롭지 않았던가요? 그리고 헤러포드는 진실되

지 않았어요?

한 사람은 상속자를 지닐 자격이 없었던가요?

그의 상속자는 자격이 훌륭한 아들이 아니었습니까?

헤러포드의 권리를 빼앗는 것은, 시간의 신한테서

특허장과 관습적 권리를 빼앗는 거죠.

그렇다면 오늘 다음에 내일이 오지 말라는 거죠.

폐하가 폐하 자신이 아닌 거죠, 왜냐면 폐하께서 왕이신 것
은

오로지 정당한 순서와 계승에 의해서 아닙니까?

이제 하나님 앞에서—하나님 정말 그리하게 마옵소서!—

만일 폐하께서 부당하게 헤러포드의 권리를 몰수하신다
면—

그가 지닌 문서 특허장을 취소하시어

자신의 법정 대리인들을 통한

그의 상속 청구를 가로막고, 그가 선서할 충성을 거부하신
다면,

폐하는 천 가지 위험을 끌어당겨 폐하의 머리에 뒤집어쓰시
는 겁니다,

천 사람의 호감을 폐하는 잃고,

저의 세세한 인내심을 가시로 찔러 대어 무슨 생각을 하게
할지,

명예와 충성심으로서는 생각지도 못할 일입니다.

리처드 왕 생각이야 맘대로 하실 밖에요. 짐은 몰수하겠소,

그의 식기, 그의 물품, 그의 돈, 그리고 그의 땅을.

요크 그 꼴을 제가 차마 제 눈으로는 보지 못하겠군요. 나의 주
군, 저는 갑니다.

이 일로 어떤 사태가 발생할지 그 누구도 알 수 없어요.

하지만 과정이 옳지 않은 걸로 보아

그 결과는 결코 좋을 수가 없겠군요. 〔퇴장〕

리처드 왕 가라, 부시, 윌트셔 백작에게로 곧장.

엘리 저택으로 와서

이 일을 처리하라고 해. 내일 당장

짐은 아일랜드로 갈 것이다. 그리고 그럴 때고, 내 생각에.

그리고 짐은, 짐의 부재 중,

짐의 삼촌 요크를 잉글랜드 섭정으로 임명하겠소,

그분은 정의롭고 언제나 짐을 크게 사랑하셨으니까.─

갑시다, 우리 왕비, 내일이면 우리는 헤어져야 하오.

즐겁게 지냅시다, 우리가 함께할 시간이 많지 않으니.

> 화려한 취주. 리처드 왕, 왕비, 오멀, 그린, 그리고 베이갓이 한쪽
> 문으로, 부시가 다른 쪽 문으로 퇴장.
> 노섬벌랜드, 윌러비, 그리고 로스는 남는다.

노섬벌랜드 그래요, 경들, 랭커스터 공작이 돌아가셨구려.

로스 살아 계시기도 하지요, 이제 그분 아드님이 공작이시니.

윌러비 직함이나 가까스로 그렇지, 재원은 아니지요.

노섬벌랜드 두 가지 다 비옥하겠지요, 정의가 자신의 권리를 행사
한다면.

로스 내 가슴에 감정이 복받치지만, 침묵으로 부서지는 게 낫겠
죠

함부로 지껄여 그 짐을 덜어 내는 것보다는.

노섬벌랜드 아니, 마음을 얘기해 봐요. 그리고 입을 아예 봉해 버
리면 되죠.

경의 말을 다시 옮겨 경에게 해를 끼치는 자는.

윌러비 하시려는 말씀이 헤러포드 공작에 관한 겁니까?

　　　　만일 그렇다면, 과감하게 털어놓으시죠.

　　　　내 귀는 그에게 좋은 일에 솔깃하답니다.

로스 그를 위해 좋은 일을 할 수 있는 게 난 하나도 없소,

　　　　그를 불쌍히 여기는 게 좋은 거라면 몰라도,

　　　　전 재산을 빼앗기고 거세당했으니.

노섬벌랜드 지금 신께 맹세코, 수치스러운 일이요, 그런 부당한 일
을

　　　　그분이, 당당한 왕족께서, 그리고 숱하게 더 많은

　　　　고결한 혈통들이 겪고 있다니 망조 든 이 나라에서.

　　　　왕은 왕 자신이 아니고, 천박하게 끌려다니고 있어

　　　　아첨꾼들한테, 그리고 그자들은 고자질을

　　　　그냥 고까워서 해 대는 것인데도, 그 대상이 우리 모두 중
누구든,

　　　　왕이 가혹하게 탄압을 해 대는 거라

　　　　우리를, 우리 삶을, 우리 아이들을, 그리고 우리 상속자들
을.

로스 평민들을 무거운 세금으로 알거지 만들었으니,

　　　　왕이 그들의 마음을 완전히 잃을 밖에. 귀족들은 벌금을 물
렸어요

　　　　다 지난 소송 건으로, 그러니 그들의 마음을 완전히 잃었고.

윌러비 게다가 날마다 새로이 고혈 짜내기 묘수가 등장해요,

　　　　백지 채권에, 강제 대부에, 또 뭐가 뭔지 모르겠는 것들.

　　　　그런데 도대체, 이 돈이 어떻게 된 거야?

노섬벌랜드 전쟁에 쓰이지는 않았소. 전쟁을 치렀어야지,

그는 천박하게도 타협에 굴복했거든

그의 조상들은 무력으로 달성했건만.

그가 평화 시에 쓴 돈이 조상들이 전쟁 시 쓴 돈보다 더 많다구.

로스 월트셔 백작이 국토를 임대 놓아 버렸으니.

윌러비 왕은 파탄자처럼 파산을 맞게 되었고.

노섬벌랜드 비난과 붕괴가 왕을 덮칠 참이지.

로스 그는 이 아일랜드 전쟁을 치를 돈이 없어요,

무거운 징세에도 불구하고.

추방된 공작의 재산을 훔치는 길 밖에 없는 거지.

노섬벌랜드 고결한 친척의 재산을 말이지. 참으로 타락한 왕이로다!

하지만 경들, 우리는 이 무서운 폭풍우의 노랫소리를 들으면서도,

천둥 번개 폭우를 피할 은신처를 전혀 찾으려 안 하고 있소.

바람이 거세게 돛을 휘몰아치는 걸 보면서도,

대처를 않고, 대책 없이 망할 판이란 말요.

로스 우리가 겪어야 할 바로 그 난파가 눈에 선하군,

그리고 이제 우리는 위험을 피할 수 없게 되었소,

우리들 난파의 원인을 이렇게 견디기만 한 까닭에.

노섬벌랜드 그럼 안 되죠. 심지어 죽음의 텅 빈 눈구멍을 통해서도

생명을 응시하는 법, 하지만 내가 감히 말할 수는 없겠지요,

우리를 위로할 소식이 얼마나 가까이 다가왔는지.

윌러비 그러지 마시고, 경의 생각을 우리도 들읍시다, 경이 우리

생각을 들으셨듯.

로스 안심하고 말씀하시오, 노섬벌랜드.

　　우리 셋은 오로지 경 자신이요. 그리고, 말을 하셔도,

　　경의 말씀은 오로지 생각으로 남을 것이오. 그러니 툭 터놓

고 말씀하세요.

노섬벌랜드 그렇다면 말씀드리죠. 제가 포트 르 블랑,

　　브리타니 내포에서 온 정보를 입수했는데

　　헤러포드 공작 해리, 라인홀트 영주 코범,

　　애런델 백작, 그는 최근 엑스터 공작과 결별했는데,

　　그 백작의 아들이자 상속인 토머스,

　　그 백작의 동생, 최근까지 캔터베리 대주교였던,

　　토머스 어핑엄 경, 토머스 램스턴 경,

　　존 노버리 경,

　　로버트 워터튼 경, 그리고 프랜시스 코인트.

　　이 모든 분들이 브리타니 공작으로부터 후하게 지원받은

　　대형 선박 여덟 척, 병사 3천 명을 이끌고,

　　최대한 신속하게 이리로 오고 있으며,

　　곧 우리 나라 북부 해안에 닿을 참이라 합니다.

　　아마도 더 먼저 도착했을 테지만, 기다린 거죠

　　우선 왕이 아일랜드를 향해 출발하기를.

　　그러니 우리가 이 노예 멍에를 떨쳐 버리고,

　　풀 죽은 우리 조국의 부러진 날개에 새 깃털을 심고,

　　전당포 주인 놈들한테서 흠집 난 왕관을 되찾고,

　　우리 왕홀의 금박을 가리는 먼지를 닦아 내고,

　　드높은 위엄이 드높은 위엄을 떨치게 하려는 것이라면,

　　나와 함께 급히 레이번즈퍼러로 갑시다.

하지만 여러분들이 소심하여, 그러기가 겁난다면,

그냥 있으시오. 그리고 비밀을 지키시오. 나는 갈 테니.

로스 말을 가져오라, 말은 어디 있느냐! 두려워하는 자 의심 받을

자로다.

윌러비 내 말이 버텨 준다면, 내가 그곳에 일착일 거요.

모두 퇴장

2막 2장

윈저 성

왕비, 부시, 그리고 베이갓 등장

부시 마마, 너무 슬퍼 마소서.

폐하와 헤어지실 때 약속하셨잖습니까,

몸에 해로운 우울을 떨쳐 내시고

유쾌한 기분으로 지내시겠다고요.

왕비 왕께서 즐겁게 해 드리기 위하여 그랬소, 날 즐겁게 하기 위

해서는

그럴 수가 없어요. 하지만 이유를 모르겠군요

왜 내가 슬픔 같은 것을 손님으로 맞아야 하는지,

내가 작별을 고한 아주 상냥한 손님이

상냥한 리처드라는 것 말고는. 하지만 다시, 내 생각에,

어떤 태어나지 않은 슬픔이, 운명의 자궁 속에서 달이 꽉 차

나를 향해 오고 있는 것 같아요. 내 안의 영혼은

하찮은 일에도 몸을 떨고. 영혼이 슬퍼하는 것은

내 주인이신 국왕과 헤어진 것 말고 더 있는 듯한.

부시 슬픔은 내용 하나에 각각 그림자가 스무 개고

그게 슬픔처럼 보이지만 그렇지 않죠,

왜냐면 슬픔의 눈은, 눈먼 눈물로 흐릿해져서,
하나의 물체 전체를 수많은 것으로 나누거든요—
원근법 그림도, 정면으로 쳐다보면,
그야말로 엉망이지만, 비스듬히 쳐다보면,
모양이 제대로 잡히고 말입니다. 그렇게 상냥하신 마마께서도,
마마 주군님의 떠남을 비스듬히 보시니,
그분 자신 이상의 슬픔의 모습에 한탄하시게 되는 것일 뿐,
있는 그대로를 보시면, 기껏해야 그림자들이죠
없는 것의. 그러니, 세 곱절로 자애로우신 왕비님,
왕비님 주군의 떠남 이상으로는 울지 마소서. 그 이상은 보이지 않고,
혹시 보인다 하더라도, 거짓된 눈물의 눈에 보이는 거예요.
그 눈은 진실 대신 가상의 것을 슬퍼하니까요.

왕비 그럴지도 모르지만, 내 내면의 영혼은
그게 아니라고 절 설득해요. 어찌 됐든,
난 슬플 밖에 없지요, 너무도 무거운 슬픔에
생각이—내 생각엔 아무 생각도 아닌 것을 생각하느라—
날 무거운 허무로 기운 빠지고 위축되게 만드니까.

부시 그냥 공상일 뿐입니다, 자애로우신 저의 왕비님.

왕비 공상은 결코 아니오. 상상이란 언제나 그 연원이
과거의 슬픔인 법, 내 경우는 전혀 다르죠
아무것도 아닌 것이 뭔가 있는 슬픔을 낳았으니까—
혹은 무언가가 내가 슬퍼할 아무것도 아닌 것을 낳았달까—
내 경우는 순서가 바뀌었죠—

하지만 아직 알 수 없는 그 무엇이 무엇인지,
난 명명할 수가 없고 이름 없는 비탄이라고나 할까.

    그린 등장

그린 마마께 하나님의 가호를, 그리고 잘 만났소, 신사분들.
      왕께서 아직 아일랜드로 출항하시지 않았기를 희망합니다.
왕비 왜 그렇게 희망하시오? 출항하셨기를 희망해야 더 맞거늘,
      그분 계획은 서두름을 요하는 거였고, 서두르는 게 좋은 희
      망이었소.
      그런데 왜 출항 안 하셨기를 회망한다는 거죠?
그린 그분이, 우리 희망은, 군대를 돌리시어
      적의 희망을 절망으로 돌려 놓으셨으면 해서죠,
      적들이 이 나라에 강력한 근거지를 마련했으니까요.
      추방된 볼링브루크가 망명 조치를 스스로 폐기하고
      군대를 일으켜 저항받지 않고 도착했습니다
      레이번즈퍼러에.
왕비 하나님 맙소사!
그린 아, 마마, 너무 늦었어요! 그리고, 더 나쁜 일은,
      노섬벌랜드 경, 그의 아들 해리 퍼시 청년,
      로스, 버몬트, 그리고 윌러비 경들이,
      그들의 온갖 강력한 친구들과 함께, 그에게 도망쳤어요.
부시 왜 선포하지 않았소 노섬벌랜드를,
      그리고 나머지 모두를, 반역 및 반란 도당으로?
그린 그리했지요. 그랬더니 우스터 백작이
      그의 지휘봉을 꺾고, 왕실 집사장 직을 사임했고,

다른 모든 왕실 하인들이 그와 함께 달아났어요
볼링브루크한테로.

왕비 그렇게, 그린, 당신은 내 비탄의 산파고,
볼링브루크는 내 슬픔의 음산한 상속자로군요.
이제 내 영혼이 출산했도다 기형의 아기를,
그리고 나, 숨을 헐떡이는 산모가,
비탄에 비탄을, 슬픔에 슬픔을 합쳤구나.

부시 절망 마소서, 마마.

왕비 누가 날 막겠소?
난 절망할 테요, 그리고 적대하겠소
기만적인 희망과. 희망은 아첨꾼,
기생충, 죽음을 만류하는 자,
죽음은 목숨의 끈을 부드럽게 해체하지만
거짓 희망은 극단적으로 연명케 하는 것.

목가리개가 있는 갑옷 차림으로 요크 공작 등장

그린 요크 공작께서 오십니다.

왕비 연로하신 목에 전쟁의 표식을 하시고.
오, 얼마나 심정이 복잡하실까, 저 표정!
삼촌, 제발, 위로의 말씀을 해 주세요.

요크 그렇게 한다면, 내 마음을 속이는 게 되겠죠.
위로는 하늘에 있고, 우리는 지상에 있습니다,
지상에 사는 것은 불행과 걱정, 그리고 슬픔뿐이고요.
그대의 남편, 그는 얻기 위해 먼 곳으로 갔으나,
다른 이들은 그를 잃게 하기 위해 쳐들어왔어요.

여기 내가 있소, 남아서 그의 나라를 떠받치기 위해,

하지만 나는, 늙고 허약한지라, 내 몸 하나 버티기도 힘든 처지.

이제 오는 병든 시간은 그의 폭식이 만든 겁니다.

이제 그가 두고 봐야겠죠 그에게 아양 떨던 친구들이 어찌 하는지.

하인 등장

하인 나리, 제가 오기 전에 나리 아드님이 가 버리셨습니다.

요크 그가 갔어? 하긴, 모두 제 갈 길 가는 것이지.

귀족들은 도망쳤지. 평민들은 싸늘하지,

그리고 장차, 걱정컨대, 헤러포드 편에서 반란을 일으킬 것이고.

여봐라, 너는 플레쉬로, 내 형수 글로스터께 가거라.

즉시 천 파운드를 내게 보내라고 여쭙거라—

자, 내 반지를 보여 드리면 될 게다.

하인 나리, 나리께 말씀드린다는 걸 깜빡 잊었는데요,

오늘 이리 오면서 제가 그곳엘 들렀는데—

하지만 나머지 말씀을 드리면 나리께서 슬퍼하실 것이라.

요크 뭐냐, 이놈?

하인 제가 여기로 오기 한 시간 전에, 공작부인께서 숨을 거두셨습니다.

요크 하나님도 너무하시지, 비탄의 홍수가

덮쳐 오는구나, 비탄에 가득한 이 땅에 한꺼번에!

어째야 할지 모르겠군. 오 하나님,

나의 불충 때문에 그러시는 것만 아니라면,

왕께서 내 형의 머리와 함께 나의 것도 베셨어야 좋았을 것

을.

아아, 아일랜드로 보낼 빠른 전령도 없다?

전쟁을 치를 비용은 또 어떻게?

〔왕비에게〕 갑시다, 형수―아니 조카, 말이 헛나갔어요. 부디

저를 용서하소서.

〔하인에게〕 가라, 너는, 집으로 가. 마차들을 마련하고,

그곳의 무기들을 가져오너라.

　　　〔하인 퇴장〕

신사분들, 가서 병사들을 모아 주시겠소?

내가 내 수중에 이토록 어지럽게 밀려든

사태를 정돈할 수단 혹은 길을 설령 안다고 해도,

내 마음 나도 모르오. 양쪽 다 나의 친척입니다.

한쪽은 저의 주군, 나의 선서와

의무에 따라 지켜 드려야 할 분이십니다. 다른 쪽 역시

나의 친척, 왕께서 부당한 취급을 했고,

나의 양심과 혈연이 권리 회복을 명하는 사람이오.

어쨌든, 뭔가를 해야겠지요. 〔왕비에게〕 가십시다, 조카,

제가 조카를 모시겠습니다.―

신사분들, 가서 당신 부하들을 모으시고,

곧장 버클리 성에서 만납시다.

나도 플레쉬로 가겠소, 하지만 시간이 없소.

만사가 불투명하고,

모든 것이 엉망진창이오.

요크 공작과 왕비 퇴장.
부시, 그린, 그리고 베이갓은 남는다.

부시 풍향으로 보아 소식을 아일랜드로 빨리 전할 수는 있을 것
같은데,

　　돌아오는 건 깜깜무소식이겠소. 우리가 군대를 모아 봤자

　　적과 대등한 세력을 이루기는

　　전혀 불가능하오.

그린 게다가, 우리가 왕의 총애를 받고 있는 신하라

　　왕을 싫어하는 자들한테는 그만큼 증오의 대상 아니겠소.

베이갓 그 오락가락하는 평민 놈들이 바로 그렇죠, 그자들의 사
랑은

　　자기네들 지갑 속에 들어 있는 거라서, 지갑을 터는 자 누구
든

　　그자들의 가슴을 치명적인 증오로 채우는 셈이니까.

부시 그래서 왕이 전반적인 저주를 사고 있는 거죠.

베이갓 심판이 그들 손에 달려 있다면, 우리 또한 그들 손에 달려
있소,

　　우리는 항상 왕 가까이 있었으니.

그린 좋소, 난 곧장 브리스톨 성으로 피신하리다.

　　윌트셔 백작은 이미 그곳에 있어요.

부시 나도 함께 그리로 가죠. 별 도움을

　　그 증오에 찬 평민들이 우리에게 줄 리가 없지,

　　개떼처럼 달겨들어 우리를 갈기발기 찢으려 들 텐데.

　　[베이갓에게] 우리와 함께 가겠소?

베이갓 아뇨, 난 아일랜드로, 폐하께 가겠소.

　　잘 가시오, 마음의 예언에 따르면

　　우리 셋은 여기서 헤어진 후 다시 만나지 못할 것 같소.

부시 그건 요크 공작이 볼링브루크를 물리치는 데 성공하느냐에

　　달렸겠죠.

그린 아아, 불쌍한 공작, 그가 맡은 임무는

　　모래알 개수를 세고 바닷물을 몽땅 들이키는 것과 같아요.

　　한 명이 그의 편에서 싸우면, 수천 명은 달아날 거요.

베이갓 헤어집시다 즉시, 이번만은, 그리고 영원히.

부시 뭐, 다시 만날 수도 있겠죠.

베이갓 결코 그러지 못할 것 같소.

　　　　부시와 그린이 한쪽 문으로, 그리고 베이갓이 다른 쪽 문으로 퇴
　　　　장

2막 3장

글로스터셔

랭커스터 및 헤러포드 공작 볼링브루크와 노섬벌랜드 백작 등장

볼링브루크 얼마나 됩니까, 백작님, 이제 버클리까지는?

노섬벌랜드 참으로, 고결한 공작님,

난 이곳 글로스터셔는 초행길이오.

이 높은 야생의 언덕들과 거칠고 울퉁불퉁한 길이

우리 행군로를 잡아당겨 따분하고 지치게 만드는군요.

그렇지만 공작님의 멋진 화술이 설탕처럼,

그 딱딱한 길을 달콤한 맛으로 바꾸어 주었습니다.

하지만 정말 지친 행군이겠네요

레이번즈퍼러에서 코츠월드까지

공작님의 동행 없이 로스와 윌러비가 가는 길은,

단언컨대 공작님의 동반이야말로 한껏 위로가 되었으니까요

내 여행의 지리한 과정에.

하지만 그들의 행군도 달달할 겁니다. 희망이 있으니까요

제가 지금 누리는 혜택을 그들도 누리게 될 거라는,

그리고 기쁠 거라는 희망은 그 기쁨이

희망의 달성인 기쁨보다 덜하지 않지요. 그런 기대 때문에
그 지친 영주들한테는

　각자의 길이 짧게 보였을 겁니다. 제 길이 짧게 보인 것이

　　제가 곁에 모신 광경 때문이었던 것처럼. 공작님의 고결한
동반 말입니다.

볼링브루크 내가 같이 가는 게 그렇게까지야 되겠습니까

　　백작님이 저를 공대하십니다.

　　　〔해리 퍼시 등장〕

　　근데 저기 누군가?

노섬벌랜드 제 아들입니다. 젊은 해리 퍼시.

　　제 동생 우스터 백작이, 지금 어디 있는지는 모르겠지만, 그
　　를 보냈을 겁니다.

　　해리, 삼촌은 어떠시냐?

해리 퍼시 제 생각은, 아버님, 그분 안부를 아버님께 여쭤보려 했
　　는데요.

노섬벌랜드 왜, 그가 왕비와 함께 있는 게 아니란 말이냐?

해리 퍼시 그게 아니에요, 아버님. 삼촌께서는 궁정을 버리셨어요.
　　직무 지휘봉을 부러트리고, 해산시켰지요
　　왕실 하인들을.

노섬벌랜드 왜 그랬지?

　　나와 마지막 대화 때는 그가 그렇게 결연하지 않았는데.

해리 퍼시 아버님이 반역자로 선포되었거든요.

　　하지만 삼촌께서는, 아버님, 레이번즈퍼러로 가서
　　헤러포드 공작을 돕겠다고 하시면서,
　　저더러는 버클리를 경유하여 알아보라 하셨습니다,

그곳에 요크 공작이 어느 정도 병력을 소집했는지,

그런 다음 지시를 받고 레이번즈퍼러로 다시 오라셨구요.

노섬벌랜드 너는 헤러포드 공작님을 잊은 게냐, 애야?

해리 퍼시 그럴 리가요. 아버님도 참, 어떻게 잊겠습니까

제 기억에 든 적이 없는 것을요. 제가 알기로,

전 이제껏 한 번도 그분을 뵈온 적이 없습니다.

노섬벌랜드 그렇다면 이제 알아 모시도록 하거라. 이분이 그 공작

님이시다.

해리 퍼시 은혜로우신 저의 공작님, 공작님께 저의 충성을 바치옵

고,

비록 이것이 아직은, 연약하고, 서툴고, 또 어리지만,

나이가 들며 무르익고 탄탄해져서

보다 더 온전한 충성과 공적으로 발휘될 것입니다.

볼링브루크 감사하오, 친절한 퍼시, 그리고 분명,

나의 가장 큰 행복은

나의 훌륭한 친구들을 기억하는 내 영혼에 있소,

그리고 나의 행운이 그대의 사랑과 함께 무르익으니,

그것이 또한 내 진정한 사랑의 보상일 것이라.

내 마음이 이 계약을 맺는다. 내 손이 이렇게 인장을 찍노

라.

그가 퍼시에게 손을 내민다.

노섬벌랜드 버클리까지는 얼마나 되느냐, 그리고 어떻게 하고 계

시더냐

훌륭한 노인 요크께서는, 그분 병사들과?

해리 퍼시 저기 저쪽 나무숲 옆에 있는 성에,

　　병사 3백 명이 있답니다. 제가 듣기로는,

　　그리고 그 안에 요크, 버클리, 그리고 세이모어 영주님들이
　　계시고,

　　그밖에는 칭호와 고결한 명성을 지닌 분이 없고요.

　　　　로스 경과 윌러비 경 등장

노섬벌랜드 로스와 윌러비 영주께서 오시는군요.

　　박차를 너무 가해서 피투성인데다, 너무 서둘러 타는 듯 붉
　　군요.

볼링브루크 어서 오십시오, 나의 영주님들. 이제 보니 영주님들의
　　사랑이 좇는 것은

　　추방된 반역자구려. 내가 가진 것이라고는

　　돈 안 되는 감사의 정뿐이지만, 그것이 좀 더 부유해지면,

　　여러분들 사랑과 노고의 보답이 될 것이오.

로스 공작님의 있음이 우리를 부유케 합니다. 참으로 고결한 공
　　작님.

윌러비 그리고 그것을 얻으려는 우리의 노고를 훨씬 능가하고요.

볼링브루크 언제나 감사는 가난한 자의 재원이고,

　　갓난 내 운이 성년에 달할 때까지는

　　그것이 나의 보상을 대신할 밖에.

　　　　〔버클리 등장〕

　　근데 저기 누가 오는가?

노섬벌랜드 버클리 경 같은데요.

버클리 나의 헤러포드 경, 당신께 전하는 말씀이오.

볼링브루크 이보시오, 나는 '랭커스터' 호칭에만 답할 것이오,

　　그 칭호를 잉글랜드에서 찾기 위해 내가 온 것이고,

　　당신 입에서 그 칭호를 들어야

　　내가 당신 말에 무엇이든 답할 것이오.

버클리 오해 마십시오, 경, 내 의도는

　　그대의 호칭 하나를 면도칼로 베어 내려는 것이 아니오,

　　그대한테, 나의 경, 내가 온 이유는—그대가 어떤 경을 원하든 간에—

　　이 나라의 가장 자애로우신 섭정,

　　요크 공작께서 보내시어, 무엇이 그대를 부추겨

　　이 부재의 시간을 틈타고

　　우리 고향 평화를 이기적인 군대로 놀래키게 하는가 물으라 하셨소.

　　　　요크 공작 등장

볼링브루크 그대를 거쳐 내 말을 전할 필요가 없게 되었소.

　　섭정 전하께서 저기 몸소 오시니.—저의 고결한 삼촌!

　　　　그가 무릎을 꿇는다.

요크 네 겸손한 마음을 보여 다오, 무릎이 아니라,

　　네 무릎이 지금 하는 일은 기만적이고 거짓되거니.

볼링브루크 자애로우신 저의 삼촌—

요크 쯧쯧, 날 자애롭다 하지 말고 날 삼촌이라 하지 마라.

　　난 반역자를 조카로 둔 적 없도다. 그리고 '자애'라는 말

　　자애롭지 않은 입으로 뱉을 경우 모독에 불과하나니.

어떻게 그 추방당하고 금지된 두 다리가

감히 잉글랜드 땅의 티끌 하나라도 건드릴 수 있단 말이냐?

아니 그 정도가 아니지. 어떻게 그들이 감히 그토록 여러 마일을

잉글랜드의 평화로운 젖가슴 깊숙이 행군하면서,

그 창백한 얼굴의 마을을 놀래킬 수 있단 말이냐, 전쟁과

경멸스런 무기의 허장성세로?

기름 부음 받으신 왕께서 안 계시므로 네가 온 것이냐?

이런, 바보 같은 놈. 왕께서는 남아 계시다.

그리고 나의 충성스러운 가슴에 그분의 권력이 놓여 있어.

내가 지금 뜨거운 젊음의 주인으로,

그 옛날 용감한 고온트, 네 아버지, 그리고 나 자신이

흑태자 에드워드, 그 병사들의 젊은 마르스였던 그분을

열 지은 수천의 프랑스 병사들로부터 구출해 냈던

오, 그 시절 기력이라면 얼마나 빠르게 나의 이 팔이,

지금은, 중풍에 사로잡힌 꼴이지만, 너를 혼내 주고

너의 잘못을 바로잡게 했을 것인가!

볼링브루크 자애로우신 삼촌, 제 잘못을 일러주십시오.

어떤 성격이고 어떤 맥락인지.

요크 잘못도 최악 수준의 잘못이지,

엄청난 반란에다 혐오스러운 반역이니.

너는 추방된 사람이야, 그런데 이곳으로 왔지 않느냐

추방 기간이 다하기도 전에

네 군주를 적대시하는 무기를 들고 말이다.

볼링브루크 〔일어서며〕 제가 추방된 것은, 헤러포드로서였습니다,

하지만 제가 온 것은, 랭커스터로서였습니다.

그리고, 고결한 삼촌, 전하께 청하오나니,

제가 입은 피해를 불편부당한 눈으로 살펴 주소서.

전하는 제 아버님이십니다, 전하를 뵈오면

전 살아 있는 노 고온트를 뵈옵는 것 같으니까요. 오 그렇다

면, 나의 아버님,

그냥 두고 보시겠습니까, 제가 저주받아

정처 없이 떠도는 것을, 제 권리와 왕족의 특권이

제 팔에서 강탈되고 그것을 차지하는 자

낭비벽 심한 벼락부자인 것을? 저의 태생이 무엇입니까?

나의 사촌인 왕이 잉글랜드 왕이라면,

의당 저는 랭커스터 공작입니다.

삼촌께서도 아들이 하나 있지요, 나의 고결한 친척 오멀 말

입니다.

삼촌이 먼저 돌아가시고 그가 이렇게 짓밟혔다면,

그는 그의 삼촌 고온트를 아버지로 알았을 것입니다,

자신이 받은 박해를 질겁하여 궁지로 몰리게 만들어 주실.

전 이 나라에서 상속권을 거부당했지만,

제가 지닌 특허장은 그걸 부여하고 있어요.

내 아버님의 재화가 모두 몰수되어 팔려 나갔고,

이 모든 것들은 모두 잘못된 용도로 쓰였습니다.

제가 어쩌기를 바라는 겁니까? 전 신하이고,

신하의 권리를 요구합니다. 변호사가 제게는 허용되지 않아

요,

그러니 제가 직접 나서서 주장할 밖에요,

합법적 승계에 따른 나의 상속분을.

노섬벌랜드 고결한 공작께서 너무도 심한 탄압을 받으신 겁니다.

로스 그가 부당하게 당한 것을 바로잡아 주는 것이 전하의 의무
   라 할 것입니다.

윌러비 비천한 자들이 그의 재산으로 위세를 부리고 있습니다.

요크 친애하는 잉글랜드의 경들, 내 이 말은 해야겠소.
   나도 내 조카가 당한 부당함을 느끼고,
   스스로 온갖 노력을 기울였소. 그것을 바로잡기 위해.
   하지만 이런 식으로, 오만불손한 무기를 들고,
   직접 고기를 잘라 먹고, 자신의 길을 칼로 직접 깎아 내려는
   식으로
   악으로써 정의를 구하는 식으로 오는 것은—있을 수 없소.
   그리고 이런 식으로 그를 부추긴 그대들은
   반란을 꾀하는 것이고, 모두 역도들이오.

노섬벌랜드 고결한 공작께서는 맹세하셨습니다. 그분이 온 것은
   오로지 그분 것을 찾기 위함이라고, 그리고 바로 그 정의를
   위해
   우리 모두는 도울 것을 강력히 맹세한 것입니다.
   그 맹세를 깨는 만용을 결코 부리지 못하게 할 것이고요.

요크 그래요, 아무튼, 난 이 전쟁의 결말을 알고 있소.
   내가 그걸 수정할 수는 없겠지, 어쩔 수 없이 고백하오만,
   내 힘은 약하고 남아 있는 것도 부실하니까,
   하지만 할 수만 있다면, 내게 생명을 주신 그분께 맹세코,
   나는 그대들을 모두 체포하고, 머리를 조아려
   국왕의 존엄한 자비를 빌게끔 만들고 싶소.

하지만 그럴 수 없으므로, 분명히 말하건대

난 중립을 지키겠소. 그러니 잘들 가시오—

성으로 들어가

그곳에서 오늘 밤 휴식을 취할 생각이 없다면.

볼링브루크 그 제안을, 삼촌, 우리 모두 받아들이겠습니다.

하지만 우리는 전하를 설득하여

브리스톨 성으로 모셔 가야 합니다, 그곳에

부시, 베이갓, 그리고 그 일당들이 있다는데,

국가를 말아먹는 자들이라,

제가 그 잡초들을 뿌리째 뽑아내겠다 맹세한 바 있으니까

요.

요크 너와 함께 갈 수도 있다마는—하지만 아직도 난 망설여지는

구나

내 조국의 법을 깨트리기는 싫으니까 말이다.

친구도 적도 아니지만, 난 여러분들을 반갑게 맞겠소.

고칠 길이 없는데야 내가 신경 쓸 일도 없을 밖에.

모두 퇴장

2막 4장

웨일즈의 한 군영

♕

솔즈베리 백작과 한 웨일즈인 지휘관 등장

웨일즈인 지휘관 나의 솔즈베리 경, 우리는 열흘을 기다렸고,

　　가까스로 우리 백성들의 해산을 막았는데도,

　　왕께서는 아무 소식도 없으십니다.

　　그러니 우리는 각자 집으로 흩어지겠소. 잘 가시오.

솔즈베리 백작 하루만 더 있어 주게, 그대 충실한 웨일즈인.

　　왕께서는 모든 신뢰를 자네한테 두고 계시네.

웨일즈인 지휘관 왕께서 돌아가신 게 아닌가 하던데요. 우린 떠나

　겠습니다.

　　우리 나라 월계수들이 모두 시들었고,

　　유성들이 하늘에 고정된 별들을 놀래킵니다.

　　얼굴 창백한 달이 피칠갑으로 지상을 내려다보고,

　　야윈 얼굴의 예언자들이 무시무시한 변화를 속삭이고요.

　　부자들은 슬픈 표정이고, 악당들은 춤추며 날뜁니다.

　　전자는 지금 누리는 것을 잃을까 두려워서고,

　　후자는 분노와 전쟁으로 재미 좀 볼까 해서죠.

　　이런 징조는 왕들의 죽음 혹은 몰락을 미리 알리는 거예요.

　　잘 가시오. 우리 백성들은 도망쳤소,

그들의 왕 리처드가 죽었다는 확신이 드니까. (퇴장)

솔즈베리 아, 리처드! 무거운 마음의 눈으로

　　　나는 보노라 그대의 영광이, 운석처럼,

　　　창공으로부터 비천한 지구로 추락하는 것을.

　　　그대의 태양이 낮게 가라앉은 서쪽에서 울면서 지고 있도
다.

　　　장차 다가올 폭풍우, 비탄과 사회 불안을 증언하면서.

　　　그대의 친구들은 달아나 그대 적들의 시중을 들고,

　　　모든 운이 그대에게 불리한 쪽으로 가고 있으니.

　　　퇴장

제3막

내 생각에 리처드 왕과 나 자신의 만남은
그 공포가 마치 번개와 비가 천둥치는 충격으로
만나서 구름 자욱한 하늘의 뺨을 찢는 것 못지않을 터.
그에게 불을 하라 하시오, 난 복종하는 물이 되겠소.

3막 1장

브리스톨 성 앞

랭커스터 및 헤러포드 공작 볼링브루크, 요크 공작, 노섬벌랜드
백작, 로스 경, 해리 퍼시, 그리고 윌러비 경 등장

볼링브루크 그자들을 끌어내시오.

〔포로 신분으로 부시와 그린이 감시와 호위를 받으며 등장〕

부시와 그린, 난 너희 영혼을 괴롭히지 않겠다,
이제 곧 너희 영혼이 너희 육체를 떠날 테니까,
너희들의 간악한 생애를 세세히 밝히는 것은
자비가 아닐 테니까. 하지만 너희 피를
내 손에서 씻어 내기 위해, 여기 이분들 앞에서
너희들이 지은 죽을죄를 몇 가지만 펼쳐 보여 주마.
너희는 미혹에 빠트렸다, 군주를, 위풍당당한 왕을,
행운의 혈통과 자질을 지녔던 신사를,
너희들이 불행에 빠트렸고 완전히 망가트렸어.
너희들은, 말하자면, 너희들 죄악의 시간으로
그분 왕비와 그분 사이를 갈라놓았고,
국왕 침상의 소유권을 침해했고,
적법한 왕비의 두 뺨의 아름다움을 더럽혔다,
너희들의 더러운 짓거리가 그녀 두 눈에서 뽑아 낸 눈물로.

나 자신—운 좋게 왕족으로,

왕의 가까운 혈연으로 태어났고, 사랑으로도 가까웠으나

급기야 너희들이 왕을 꼬드겨 오해하게끔 만든 사람으로—

내 목을 너희들의 악행 아래 짓밟혔고,

나의 잉글랜드 숨결을 한숨지었다, 외국의 공중에다,

추방의 쓰디쓴 빵을 씹으며,

그동안 너희들은 내 재산을 먹고 살았지,

내 공원을 용도 변경하고 내 수풀 나무들을 넘어트리고,

내 집안 유리창 착색을 떼어 내어,

가문 문장을 지워 버렸다, 표식을 모두 없애 버린 거지,

사람들의 평판과 나의 살아 있는 피 말고는,

내가 신사라는 것을 세상에 보여 줄 온갖 표식을.

이 죄 그리고 한참 더 많은 죄, 이 모든 것보다 두 배나 더 많은 죄가,

너희를 사형 선고하노라.—그들을 데려가

사형 집행인과 죽음의 손에 인도하라.

부시 내게는 죽음의 한 방이 오는 게 더 반갑다.

볼링브루크가 잉글랜드로 오는 것보다는.

그린 내게 위안은 하늘이 우리 영혼을 받아 주시고,

불의를 지옥의 고통으로 벌하시리라는 것.

볼링브루크 친애하는 노섬벌랜드 경, 저자들 처리를 살펴 주시오.

〔노섬벌랜드, 감시를 받는 부시 및 그린과 함께 퇴장〕

삼촌, 왕비께서 삼촌 댁에 계시다 하셨지요.

부디, 예의를 갖추어 대하도록 일러주십시오.

저의 동정 어린 안부 인사도 전해 주시고요.

제 인사가 전해지도록 각별히 신경 써 주세요.

요크 나의 신사 한 분을 보냈다,

　　　그분에 대한 너의 사랑을 온전히 적은 편지를 들려.

볼링브루크 고맙습니다, 친절하신 삼촌.—갑시다, 영주분들, 가서,

　　　글렌다워 및 그 공범들과 싸웁시다.

　　　일을 하다 보면, 그 후, 휴일이 오는 법.

　　　　　모두 퇴장

3막 2장
웨일즈, 그웨네드 해변, 할레크 성 근처

북소리. 화려한 취주. 리처드 왕, 오멀 공작, 칼라일 주교, 그리고
병사들, 깃발과 함께 등장

리처드 왕 할레크 성이라는 게 바로 이걸 말하는 건가?

오멀 그렇습니다, 폐하. 육지 공기가 썩 괜찮으시지요,
　　　근래 바다 파도에 꽤나 시달리셨잖습니까?

리처드 왕 썩 좋지 않을 리가 없지. 기뻐서 눈물이 날 지경이다,
　　　나의 왕국에 다시 발 딛고 서게 되니.
　　　〔그가 땅을 만져 본다〕
　　　소중한 흙이여, 내가 나의 손으로 그대에게 인사하노라,
　　　비록 반도들이 그들의 말발굽으로 그대를 상채기 냈지만.
　　　오랫동안 헤어졌던 어머니가 그녀 자식과
　　　눈물로 얼싸안고 날뛰고, 그리고 만남으로 미소 짓듯,
　　　그렇게, 울며, 미소 지으며, 내가 그대 나의 대지를 맞고,
　　　국왕의 손으로 은총을 베푸노라.
　　　그대 주인의 적을 먹이지 말지어다. 나의 착한 대지여,
　　　그대의 넉넉함으로 그의 게걸든 식욕을 달래서도 안 되나니
　　　다만 그대의 독을 빨아먹는 거미들과
　　　걸음 느린 독두꺼비들이 그들 길에 놓였다가

그 반역의 발을 물게 하라

　　그 발은 찬탈의 걸음으로 너를 짓밟는 것이니.

　　독침의 쐐기풀을 나의 적들에게 내주어라.

　　그리고 그들이 그대 가슴에서 꽃을 뽑으려 들면

　　지키게 하라 그것을, 내 그대에게 기도하나니, 잠복한 독사

한 마리로 하여금,

　　그것의 갈라진 혓바닥이 치명적인 접촉으로

　　그대 주군의 적들에게 죽음을 안길 수 있도록.—

　　지각도 없는데 하명을 한다고 날 비웃지 마시오, 경들.

　　이 대지는 분명 감정이 있을 것이오, 그리고 이 돌들도

　　무장한 병사임을 증명할 거요, 자연의 태생적인 왕이

　　더러운 반란의 군대 아래 비틀거리기 전에.

칼라일 주교　두려워 마소서, 폐하. 폐하를 왕으로 만드신 그 힘은

　　모든 것에도 불구하고 폐하를 왕으로 유지시킬 힘이 있으시

나이다.

　　하늘이 내주시는 수단은 받아들여야지

　　소홀히 할 수 없는 법, 하늘도 달리 생각하실 겁니다,

　　우리가 그러지 않는다면. 하늘이 내미시는 것을 우리가 거

절하는 거예요,

　　하늘이 제안하시는 구원과 바로잡음의 방법 말입니다.

오멀 주교　말씀은, 폐하, 우리가 너무 무기력한 반면

　　볼링브루크는, 우리의 자만을 틈타,

　　그 실세와 친구들이 갈수록 강하고 거대해지고 있다는 겁니

다.

리처드 왕　나를 낙담시키는 사촌이로다, 그대는 모르는가

하늘의 탐색하는 눈이
지구 뒤로 숨으면, 아래 세상을 비추는 그것이 없는
그때는 좀도둑과 떼강도들이 눈에 안 보이게 설치고 다니며
이곳을 살인과 분노로 피비리게 만들지만,
이 지구의 공 아래로부터
그가 동녘의 늠름한 소나무 꼭대기들을 환히 밝히고,
온갖 죄지은 구멍마다 샅샅이 그의 광선을 쏘아 대면,
그때 살인과, 반역, 그리고 혐오스런 죄악들이,
등에 걸쳤던 밤의 의상이 찢겨 나간 채,
알몸으로 서서, 스스로 끔찍함에 부들부들 떤다는 것을?
그렇게 이 도둑놈, 이 반역자, 볼링브루크도,
이제까지 내내 밤의 흥청망청을 누렸으나,
그동안 짐이 지구 정반대 쪽을 헤매다가,
짐의 옥좌, 동쪽에서 떠오르는 것을 보게 되리라,
반역이 그의 얼굴에서 낯붉히리라,
대낮의 광경을 견디지 못하고,
다만, 스스로 질겁하여, 자신의 죄에 몸을 떨리라.
거칠고 난폭한 바다 물 전체로도
기름 부음 받은 왕의 성유를 씻어 낼 수 없는 법.
세속 인간의 숨으로는 폐위시킬 수 없다
주님이 뽑으신 대리인을.
볼링브루크한테 징집되어
짐의 황금 왕관에 사악한 쇠를 겨누는 각각의 한 사람마다
하나님은 그분의 리처드를 위한 하늘의 원군으로 두고 계시
느니,

영광의 천사 한 명씩을. 그렇다면 천사들이 싸울 때에

　연약한 인간은 필멸이라. 하늘이 항상 정의를 수호하시는

까닭이다.

　　　　〔솔즈베리 백작 등장〕

　어서 오시오, 친애하는 경. 경의 군대는 얼마나 멀리 있소?

솔즈베리　더 가까운 데도 더 먼 데도 없고, 아아 저의 폐하,

　오직 이 연약한 팔 하나뿐이옵니다. 비탄이 제 혀를 놀리고,

　오로지 절망만을 얘기하라 명하나이다.

　너무 늦은 단 하루가, 두렵게도, 고결한 폐하,

　먹구름을 드리운 것 같나이다. 지상에서 폐하의 모든 행복

한 날에.

　오, 어제를 다시 부르소서, 시간에게 돌아오라 명하소서,

　그러면 폐하는 만 이천의 전투 병사를 거느렸을 것이옵니다.

　오늘, 오늘이, 너무 늦은 불행한 날이,

　타도하나이다, 폐하의 기쁨을, 친구들을, 행운을, 그리고 폐

하의 나라를

　왜냐면 모든 웨일즈인들이, 폐하가 돌아가셨다는 말을 듣고,

　볼링브루크에게 가고, 흩어지고, 달아났습니다.

오멀　기운을 내세요, 폐하. 폐하 안색이 왜 그리 창백하십니까?

리처드 왕　방금 전만 해도 2만 명의 피가

　내 얼굴에서 빛났다, 그리고 그들이 도망을 쳤어,

　그러니 그렇게 많은 피가 얼굴로 다시 돌아오기 전까지는

　내가 창백하고 죽어 보일 이유가 있지 않은가?

　안전을 꾀하는 자들 모두 내게서 달아난다,

　시간이 나의 한창때를 더럽혔음이라.

오멀 기운을 내소서, 폐하. 폐하가 누구십니까.

리처드 왕 내가 나 자신을 잊었구나. 나는 왕 아닌가?

　　깨어나라, 너 게으름뱅이 위엄이여, 너 잠자고 있다니!

　　왕의 이름은 4만의 이름 아니더냐?

　　무기를 들라, 무기를. 나의 이름이여! 보잘것없는 신하 하

나가 공략하고 있어

　　그대의 위대한 영광을. 땅바닥 쳐다보지 말거라,

　　너희 왕의 총신들이여. 우리는 높은 신분 아닌가?

　　우리 생각도 드높게 하라. 나는 안다 내 삼촌 요크가

　　우리에게 필요한 만큼의 병력을 보유하고 있다는 것을.

　　　〔스크로우프 등장〕

　　근데 저기 누가 오는가?

스크로우프 더 많은 건강과 행복이 폐하께 깃들기를

　　슬픔에 조율된 제 혀가 바칠 수 있는 것보다는 더 많은.

리처드 왕 내 귀는 열려 있고 내 마음은 준비되었도다.

　　그대가 전해 줄 최악의 소식이 기껏해야 세속적인 손실 아

니겠느냐.

　　말하라, 나의 왕국이 사라졌느냐? 그깟 왕국 내게는 근심

덩어리였느니,

　　근심이 없어졌는데 무슨 손실?

　　볼링브루크가 짐만큼 위대해지려 용을 쓴다?

　　더 위대해지지는 못하지. 그가 하나님을 모신다면,

　　짐 또한 하나님을 모실 것이고, 그러면 그와 동격이 되는 거

지.

　　짐의 신하가 반란을 일으켜? 그건 고쳐질 수가 없어.

그자들은 짐은 물론 하나님에 대한 신의도 깨버린 거라구.

비탄을, 파괴를, 폐허를, 상실을, 부패를 울부짖는단들.

최악은 죽음이야, 죽음이 전성기를 맞을 것이고.

스크루우프 마음이 가벼워지는군요, 폐하께서 그런 중무장으로

재앙의 소식을 받아들이시겠다니.

때아닌 폭풍우 날처럼,

그리고 폭풍우가 은빛 강물로 하여금 자기 주변을

마치 온 세상 눈물로 해체된 듯 익사시키는 것처럼,

그렇게 드높이 둑 위로 넘치고 있습니다. 볼링브루크의

분노가, 뒤덮고 있어요. 폐하의 겁에 질린 땅을

단단하고 찬란한 무쇠로, 그리고 무쇠보다 단단한 병사들

로.

백발노인들도 그 야위고 머리칼 없는 머리에 투구를 쓰고

폐하를 겨냥하고 있습니다. 여자 목소리 소년들도

거창한 소리를 내지르고, 그 연약한 관절을 경직되고

너무 무거운 갑옷으로 버티며 폐하의 왕관을 겨냥하고 있어

요.

자선 받고 폐하 영혼 위해 기도 올려야 할 노인네 바로 그들

이 이중으로 치명적인

주목 활쏘기를 연습하며 폐하의 국가를 겨냥하고 있습니다.

그래요, 물레 잣는 여인들도 녹슨 물레 못도끼를 들고

폐하의 옥좌를 겨냥하고 있습니다. 젊은이도 늙은이도 모반

을 하고,

모든 사태가 말로 표현할 수 없을 정도로 악화되고 있어요.

리처드 왕 너무도 잘, 너무도 잘 그대는 말해 주는구나, 그토록 흉

한 이야기를.

월트셔 백작은 어디 있다더냐? 베이갓은 어디?

부시는 어찌 됐길래, 그린은 어디 있었길래,

위험한 적들이 짐의 영역을 이토록 거침없이 활보하게 놔두었는가?

짐이 이기면, 그자들의 목이 이 사태를 책임지게 될 것이다.

장담컨대 그자들은 볼링브루크와 평화 협정을 맺었으렷다.

스크루프 그들은 그와 정말 제대로 평화 협정을 맺었습죠, 폐하.

리처드 왕 오 악당들, 구원할 길 없이 저주받은 독사들!

아무한테나 쉽사리 살살대는 개들!

내 심장의 피로 따스해진 뱀들이, 내 심장을 물다니!

세 명의 유다로다, 각각이 유다보다 세 배나 더 나쁜!

평화 협정을 맺었다? 끔찍한 지옥이 전쟁을 벌일 일이로다,

이 범죄로 더럽혀진 그들의 영혼을 놓고!

스크루프 상냥한 사랑은, 그렇군요, 그 성질이 바뀌면,

가장 비뚤어지고 가장 치명적인 증오로 바뀌는군요.

그들 영혼에 내린 저주를 풀어 주사이다. 그들의 평화 협정은

목을 내주고 맺어진 것입니다. 손이 아니라. 폐하께서 저주를 내리신 세 분은

파괴자 죽음의 최악의 고통을 당했고,

아주 낮은 곳, 텅 빈 땅 속에 묻혀 있습니다.

오멀 부시, 그린, 그리고 월트셔 백작이 죽었다고?

스크루프 예, 그분들 모두 브리스톨에서 참수당했습니다.

오멀 우리 아버님 공작께서는, 그리고 그분의 군대는 어디 있소?

리처드 왕 어디 있든 무슨 상관. 위안에 대해 아무도 말하지 말라.

무덤에 대해, 구더기와 묘비명을 논하시오,

먼지를 종이 삼고, 비에 젖은 눈으로

슬픔을 쓰시오, 대지의 가슴에다.

사형 집행인을 뽑고 유서를 논합시다―

아니 그것도 안 되지, 왜냐면 우리가 물려줄 것이 뭐가 있소

땅바닥에 우리들의 폐위된 시체 말고는?

우리들의 영토, 우리들의 목숨, 그리고 모든 것이 볼링브루크 것이오,

그리고 우리가 우리 것이라 부를 것은 죽음뿐이고,

그 죽음이 불모의 대지의 소우주일 것이고,

그 대지가 우리 뼈를 풀칠하고 덮을 것이오.

〔앉으며〕 자 우리, 땅바닥에 퍼질러 앉아

왕들이 죽어 간 슬픈 이야기를 나눠 봅시다―

어찌어찌하여 몇몇은 폐위되고, 몇몇은 전쟁 중 피살되고,

몇몇은 그들이 폐위시킨 왕들의 유령한테 시달리고,

몇몇은 아내한테 독살되고, 몇몇은 잠자다 피살되고,

모두 살해당하는 이야기 말이오. 왜냐면 오목한 왕관이

필멸의 성전인 왕의 머리를 두르고 있다고는 하나

그 안에 똬리를 튼 것은 죽음이거든, 그리고 그 안에 광대가 들어앉아,

왕의 왕통을 비웃고 그의 광휘에 쓴웃음을 짓는 거지,

숨을, 약간의 모양새를 허락하여,

왕 노릇 하게 하고, 상대방을 겁에 질리게 하고, 눈짓 하나

로 죽일 수 있게 하여,

　스스로 부황한 자부심에 들뜨게 만든다.

　마치 짐의 목숨을 성벽으로 둘러싼 이 살덩이가

　난공불락의 놋쇠라도 되는 듯, 그리고 그렇게 즐기다가

　다가오지, 최후가, 그리고 작은 핀으로

　그의 성벽을 뚫는 거야, 그리고 잘 가게, 왕.

　모자를 바꿔 쓰셔야지, 그리고 비웃지 마시게, 살과 피를

　장엄한 존경으로. 집어치우라 존경이니,

　전통이니, 격식이니, 그리고 딱딱한 의전 따위,

　당신들은 그동안 내내 날 오해한 거거든.

　나도 빵을 먹고 살지, 당신들처럼, 결핍을 느끼고,

　슬픔을 맛보고, 친구가 필요하다구. 이렇게 필요의 신하이

건만,

　어떻게 당신들이 나더러 왕이라 할 수 있는가?

칼라일 주교　폐하, 현자는 당면한 그들의 슬픔을 결코 울부짖지 않

고

　그 당장 울부짖지 않을 길을 찾는 법입니다.

　적을 두려워하는 것은, 두려움이 힘을 누르므로,

　폐하를 허약하게 하고 폐하의 적에게 힘을 보태는 짓이고,

　그렇게 폐하의 어리석음이 폐하 자신과 싸우는 것이고요.

　두려워하면, 피살이죠. 싸움의 결과가 그보다 더 나쁘겠습

니까,

　그리고 싸우다 죽는 것은 죽음을 파괴하는 죽음인 반면,

　두려워하며 죽는 것은 죽음에 비굴한 숨을 바치는 짓이죠.

오멀　제 아버님한테 군대가 있습니다. 그를 수소문하시고,

불리한 전세를 뒤집을 길을 찾으소서.

리처드 왕 〔일어서며〕 그대가 날 잘 꾸짖어 주었소. 오만한 볼링브
루크, 내가 가서

그대와 운명의 일전을 치르겠노라.

이 두려움의 학질 오한은 날려 보냈노라.

짐의 것을 짐이 획득하는 일이 어찌 어려우랴.

말하라, 스크로우프, 내 삼촌과 그 군대는 어디 있는가?

감미롭게 말하라, 네 얼굴 표정은 쓰디쓰다마는.

스크로우프 하늘의 형색을 보면

그날의 상태와 향방을 알 수 있다고 하지요.

그렇게 폐하께서도 제 흐리고 무거운 눈을 보면 알 수 있을
겁니다

제 혀가 내뱉을 것은 더 무거운 이야기라는 것을.

저는 고문 집행관을 자처하며 조금씩

연장하고 있습니다, 폐하께 말씀드려야 할 최악을.

폐하의 삼촌 요크는 볼링브루크와 합류하였고,

폐하의 북부 성들이 모두 항복하였고,

폐하의 남부 상류층들이 모두 무기를 들었습니다,

그와 한패가 되어.

리처드 왕 그만하면 충분하다.

〔오멀에게〕 괘씸하구나, 사촌, 날 이 지경으로 만들다니

달콤한 절망의 길에 그냥 놔두지 않고서.

이제 할 말이 무언가? 지금 짐한테 무슨 기운을 내라는 건
가?

하늘에 맹세코, 난 영원히 저주하리라

내게 더 이상 기운을 내라는 자 있으면.

플린트 성으로 가자, 거기서 슬픔으로 파리해지리라.

왕이란, 비탄의 노예이니, 왕답게 비탄에 복종하리라.

내가 지닌 세력은, 방면시키고, 가서

어느 정도 수확의 희망이 있는 땅을 갈게 하라,

나는 전혀 희망이 없으니까. 아무도 다시 입을 열어

이 말을 바꾸게 하려 들지 말라, 모든 의견이 헛되나니.

오멀 폐하, 한 말씀만.

리처드 왕 나를 이중으로 해치는 자로다,

헛바닥의 아첨으로 날 상처 주는 자는.

나의 추종자들을 해산시켜라. 가 버리라 하라

리처드의 밤에서 볼링브루크의 맑은 대낮으로.

　　　모두 퇴장

3막 3장

플린트 성 앞

♔

랭커스터 및 헤러포드 공작 볼링브루크, 요크 공작, 노섬벌랜드
백작, 그리고 북과 깃발을 든 병사들 등장

볼링브루크 그러니까 이 정보에 의하면

웨일즈인들이 흩어졌고, 솔즈베리는

왕을 만나러 갔다는 거요. 왕은 최근

얼마 안 되는 개인적 친구들과 이 해변에 상륙했고 말이오.

노섬벌랜드 아주 맑고 좋은 소식입니다, 공작님.

리처드가 여기서 멀지 않은 곳에 머리를 숨기고 있네요.

요크 노섬벌랜드 경께서는

'리처드 왕께서'라고 하시는 게 맞겠소. 아아 슬픈 날이다

그토록 성스러운 왕께서 머리를 숨기셔야 하다니!

노섬벌랜드 전하께서 오해십니다. 단지 간명함을 위해

제가 호칭을 생략했을 뿐입니다.

요크 전 같으면,

만일 경께서 폐하를 그리 간명하게 대하셨다면, 폐하께서도

경을 간명하게 대하여 줄여 주셨겠지요,

호칭을 없앤 대가로, 경의 머리 전체를 말이오.

볼링브루크 오해 마세요, 삼촌, 정도 이상으로는.

요크 취하지 말거라, 착한 조카, 정도 이상으로는.

　　아니면 네가 잊을라, 우리 위에 하늘이 계심을.

볼링브루크 알고 있습니다, 삼촌, 그리고 전 거역하지 않아요

　　하늘의 뜻을.

　　　　〔해리 퍼시와 나팔수 등장〕

　　근데 이게 누군가?

　　반갑네, 해리. 뭐야, 이 성은 항복을 않겠다는 건가?

해리 퍼시 성에 주둔한 왕이 이끄는 병사들이, 공작님,

　　공작님의 입성을 막고 있습니다.

볼링브루크 왕이 이끄는?

　　아니, 왕이 있을 리 없지.

해리 퍼시 있습니다, 저의 공작님.

　　정말 왕이 저 안에 있어요. 리처드 왕이 자리 잡고 있습니다

　　저 석회와 돌멩이들 안에요.

　　그리고 그와 함께 오멀 경, 솔즈베리 경,

　　스티븐 스크루우프 경, 그 밖에 존경받는

　　성직자 한 분도 계십니다. 이름은, 알 수가 없었습니다.

노섬벌랜드 오, 칼라일 주교인가 보군.

볼링브루크 〔노섬벌랜드에게〕 고결한 영주님,

　　날림의 갈비뼈를 드러낸 저 낡은 성벽으로 가 주시오,

　　쩌렁쩌렁한 놋쇠나팔로 보내 주시오, 협상 제안의 숨결을

　　그 폐허의 귀에다. 그리고 이렇게 전달해 주시오.

　　헨리 볼링브루크는

　　무릎 꿇고 리처드 왕의 손에 입 맞추고,

　　마음의 진정한 신의와 충성을 드릴 것이오,

참으로 왕다우신 그분께, 여기로 와서

심지어 그분 발 아래 나의 무기와 군대를 바칠 것이오,

다만 나의 추방을 철회하고,

몰수된 토지를 무상으로 다시 내려주시옵소서.

안 그럴 경우, 나는 우세한 나의 군대를 사용하여,

여름의 먼지를 피의 소나기로 가라앉히겠소

학살된 잉글랜드인들의 상처에서 솟아나는 피로.

볼링브루크의 마음은 전혀 무관하오,

이런 진홍의 폭풍우로

정당한 리처드 왕의 영토의 새푸른 무릎을 적시려는 생각
과,

내가 복종의 무릎을 이렇게 정중히 꿇는 까닭이오.

가서, 그리 말씀하시오, 그동안 우리는 행군을 하겠습니다,

이 평원의 융단 같은 풀밭 위를.

위협적인 북소리 내지 말고 행군합시다,

이 성의 기울어진 총안 흉벽에서

우리의 멋진 군비를 잘 살펴볼 수 있도록.

내 생각에 리처드 왕과 나 자신의 만남은

그 공포가 마치 번개와 비가 천둥치는 충격으로

만나서 구름 자욱한 하늘의 뺨을 찢는 것 못지않을 터.

그에게 불을 하라 하시오, 난 복종하는 물이 되겠소.

분노는 그의 것, 나는 대지 위에 내리게 하겠소

나의 물을 대지 위에 말이오, 왕 위가 아니라.—

행군하라, 그리고 리처드 왕을 주목하라, 그가 어떤 표정인
지.

〔그들이 무대를 한 바퀴 행군한다. 그런 다음 볼링브루크, 요크, 퍼시, 그리고 병사들이 성벽에서 떨어진 곳에 선다.

노섬벌랜드와 나팔수가 성벽을 향해 나아간다. 협상 제안을 알리는 나팔 소리, 그리고 안에서 답신.

그런 다음 안에서 화려한 취주. 리처드 왕이, 칼라일 주교, 오멀 공작, 스크루우프, 그리고 솔즈베리 백작과 함께 성벽 위에 나타난다.〕

보라, 저기, 리처드 왕이 직접 나타났다,

붉은 불만의 태양이

동쪽의 불타는 현관에서 저렇게 솟아나리라,

악의적인 구름들이 항차

그의 영광을 빛바래게 하고 서쪽으로 가는

그의 찬란한 행보의 경로를 더럽히려 한다는 것을 감지했다면.

요크 하지만 그분은 왕의 모습이오. 보시오, 그의 눈이,

독수리 눈처럼 찬란하게 뿜어내고 있소

통치하는 위엄의 빛을. 아아, 아아 슬프도다

저토록 아름다운 모습을 위해로 얼룩지게 하다니!

리처드 왕 〔노섬벌랜드에게〕 짐은 어안이 벙벙하도다, 그래서 이리 오랫동안 서서

그대가 두려움에 무릎 꿇기를 기다렸나니,

왜냐면 짐은 짐 자신을 적법한 왕이라 생각했으니까.

짐이 그러할진대, 어떻게 감히 그대의 관절이 잊을 수 있는가,

짐의 안전에서 조아려 무릎 꿇는 의무를?

만일 짐이 그러하지 않는다면, 짐에게 보여라 짐의 대리인 자격을
박탈하신 하나님의 손을.
왜냐면 짐은 잘 아느니 피와 뼈로 된 어떤 손도
짐의 왕홀의 신성한 손잡이를 잡을 수 없다,
신성모독하고, 훔치거나, 찬탈할 수 있을 뿐.
그리고 그대 생각은 모든 사람을—그대가 그랬듯—
짐한테서 등 돌리게 하여 그들 영혼을 망가트렸고,
짐은 황폐하고 친구도 남아 있지 않다는 것이겠으나,
명심하거라 나의 주인, 전능하신 하나님께서,
그분의 구름으로 짐을 위해 소집 중이시다,
역병의 군대를, 그리고 그들이 칠 것이다
아직 태어나지 않고 배태도 되지 않은 너희 아이들을,
너희가 봉신의 팔을 쳐들어 내 머리를 노리고
내 소중한 왕관의 영광을 위협한 죄로 말이다.
볼링브루크에게 전하라, 저기 저자가 그자인 듯하구나,
그가 내 땅으로 내딛는 한 발짝 한 발짝마다
위험한 반역이라고 전하라. 그자가 온 것은
피 흘리는 전쟁의 진홍빛 문서를 열기 위해서다.
그러나 그가 찾는 왕관이 평화를 구가하기 전에
어머니의 아들들의 피 흘리는 머리 만 개가
잉글랜드 영재들의 얼굴을 무색케 하고,
처녀 같은 잉글랜드의 평화, 그 순백의 얼굴을
주홍빛 분노로 바꾸고, 적실 것이다
그녀 목초지 풀밭을, 충성스런 잉글랜드인의 피로.

노섬벌랜드 〔무릎을 꿇으며〕 하늘의 왕이시여 막아 주소서, 우리의
　　주인인 왕께서

　　　이리하시면 동족의 난폭한 무기가

　　　왕께로 마구 쇄도할 것이오. 폐하의 세 곱절 고결하신 사촌

　　　해리 볼링브루크는 참으로 겸손하게 폐하 손에 입을 맞추
고,

　　　맹세하고 그 명예로운 무덤,

　　　폐하의 할아버님 왕의 뼈를 묻은 그 무덤을 걸고,

　　　두 분 모두의 왕족 혈통,

　　　참으로 은혜로운 하나의 원천에서 흘러나온 두 흐름을 걸
고,

　　　용맹한 전사 고온트의 무덤에 묻힌 손을 걸고,

　　　자기 자신의 가치와 명예를 걸고,

　　　맹세 혹은 발언의 온갖 내용을 요약하자면,

　　　그가 이곳에 온 목적은 다름 아니라

　　　그의 상속권을 위해서, 그리고 간청하기 위해서요

　　　즉각적인 추방 취소를, 그가 무릎 꿇고 애원하오,

　　　이것을 폐하 쪽에서 허락만 하신다면,

　　　그는 회부할 것이오, 번득이는 그의 무기를 녹이 스는 세월
에,

　　　군장한 그의 말을 마구간에, 그리고 그의 가슴을

　　　폐하에 대한 충성심에.

　　　왕족이며 정당한 그가 이것을 맹세하오,

　　　그리고 신사로서 내가 그를 믿는 바이오.

리처드 왕 노섬벌랜드, 이렇게 왕의 대답을 전하라.

왕의 고결한 사촌이 돌아온 것을 환영하노라,

그리고 그의 정당한 요구 사항들은 모두

어김없이 집행될 것이다.

그대가 지닌 온갖 우아한 언변을 동원하여,

그의 부드러운 귀에 나의 친절한 안부를 전하라.

[노섬벌랜드와 나팔수가 볼링브루크에게 돌아간다]

[오멀에게] 짐이 짐 자신을 비천하게 만들었도다, 사촌, 그렇지 않은가,

이토록 비굴하게 굴고 이토록 입에 발린 말을 했으니?

짐이 노섬벌랜드를 다시 부르고, 보낼까

선전포고를 그 반역자에게, 그리고 죽을까?

오멀 아닙니다, 착하신 폐하, 부드러운 말로 싸우셔야죠.

시간이 친구들을, 그리고 친구들이 그들의 유용한 칼을 빌려 줄 때까지는.

리처드 왕 오 하나님, 오 하나님, 나의 이 혓바닥이,

두려운 추방 언도를

저 오만한 자에게 한번 내리고도, 그것을 다시 취소하다니,

부드럽게 달래는 말로! 오, 나의 위대함이

나의 슬픔만큼 컸으면, 아니면 내가 나의 이름보다 못하던가,

아니면 내가 이제까지의 나를 잊을 수 있던가,

아니면 지금 어쩔 수 없는 나의 처지를 상기하지 못하던가!

너 부풀어 오르는가, 도도한 심장? 내가 네게 박동의 기회를 주마,

적들이 바야흐로 너와 나 모두 박살낼 터이니.

　　　　　노섬벌랜드가 성벽 쪽으로 나아간다.

오멀 노섬벌랜드가 볼링브루크한테서 돌아오는데요.
리처드 왕 이제 왕은 무엇을 해야 하는가? 항복해야 하는가?
　　　　왕은 그래야겠지. 폐위되어야 하는가?
　　　　왕은 그래도 할 수 없겠지. 잃어야 하는가,
　　　　왕의 이름을? 하나님의 이름으로, 잃어도 상관없겠지.
　　　　나의 보석을 묵주 한 세트와 바꿀 것이다,
　　　　호화로운 나의 궁궐을 은둔 암자와,
　　　　화사한 나의 의상을 거지 겉옷과,
　　　　도안 새겨진 나의 잔을 나무 접시와,
　　　　나의 왕홀을 순례자 지팡이와,
　　　　나의 신하를 한 쌍의 성인 조각상과,
　　　　그리고 거대한 나의 왕국을 작은 무덤과,
　　　　작고, 작은 무덤, 이름 모를 무덤과 바꾸리라.
　　　　아니면 '왕의 한길'에 묻히리라, 자살자처럼,
　　　　어떤 일반 통행로에 묻히면 신하들의 발이
　　　　시간마다 짓밟겠지, 그들 주군의 머리를,
　　　　왜냐면 그들이 지금 내 가슴을 짓밟는데, 내가 살아 있는데
도 그럴진대,
　　　　일단 묻히고 나면, 내 머리를 짓밟지 못할 게 무엇인가?
　　　　오멀, 그대 우는구나, 마음씨 착한 나의 사촌.
　　　　하찮은 눈물로 우리 날씨를 흐리게 하자꾸나.
　　　　우리의 한숨과 눈물이 여름 곡식을 넘어트리고,
　　　　이 반란의 땅에 기근을 내릴 것이야.

아니면 짐의 비탄과 장난을 치고,

흐르는 눈물로 뭔가 재미난 놀이를 하면 어떨까,

이를테면 눈물을 계속 한 군데로만 떨어트려

무덤 두 개가 패이도록 하면 어떨까,

땅 속에, 그리고 우리가 그 속에 누우면? '여기 누운

두 친척은 흐르는 눈물로 자기들 무덤을 팠노라.'

이만하면 이 불행이 다행 아닐까? 그래, 그래, 나도 알아

내 말 다 헛소리고 사촌이 날 비웃는다는 거.

참으로 강력한 군주, 나의 노섬벌랜드 영주님,

뭐라 하십디까, 볼링브루크 왕께서는? 폐하께서

리처드에게 죽을 때까지 살라는 윤허를 내리십디까?

발 빼고 절하는 걸 보니, 볼링브루크가 '좋다.'고 하셨구려.

노섬벌랜드 폐하, 바깥마당에서 그가 대령하여

폐하와 말씀 나누고자 하나이다. 부디 내려와 주실 수 있겠
는지요?

리처드 왕 아래로, 아래로 나는 내려가네, 번쩍이는 파에톤이

다루기 힘든 말들을 다룰 수가 없어 추락하듯이.

바깥마당이라. 비천한 궁정이로다. 비천해진 왕들이

배신자의 부름을 받고 가서는, 그들에게 은총을 베푸는.

그 비천한 궁정으로, 내려오라. 내려오라 궁정, 내려오라
왕,

왜냐면 종다리 치솟으며 노래할 곳에 밤 부엉이 비명 지르
고 있나니.

리처드 왕과 그의 편 모두 퇴장.

노섬벌랜드가 볼링브루크에게로 돌아온다.

볼링브루크 폐하께서 뭐라시오?

노섬벌랜드 마음의 상심과 슬픔 때문에

횡설수설하십니다. 정신 나간 사람처럼요.

〔아래에서 리처드 왕과 그의 편 등장〕

하지만 오시네요.

볼링브루크 모두 물러서시고,

폐하께 정당한 예를 올리시오.

〔그가 무릎을 꿇는다〕

은혜로우신 저의 폐하.

리처드 왕 공명정대한 나의 사촌, 그 위풍당당한 무릎을 비천하게

하시는구려,

비천한 대지가 그것과 입 맞추며 방자해지게 만들다니 말

요.

난 오히려 가슴으로 사촌의 사랑을 느꼈으면 하오,

내 언짢은 눈으로 사촌의 예의를 보는 것보다는.

일어나세요, 사촌, 벌떡. 사촌의 마음은 일어나 있어, 내가

알지,

최소한 이 왕관 높이는 될걸, 비록 사촌이 낮게 무릎을 꿇고

있을망정.

볼링브루크 은혜로우신 폐하, 저는 단지 제 자신의 것을 찾기 위해

왔습니다.

리처드 왕 사촌 자신의 것은 사촌 것이야, 나도 사촌 것이고, 모

든 게 그렇지.

볼링부르크 폐하가 저의 것이라 하심은, 참으로 경외하올 폐하,
 저의 진정한 충성이 폐하의 사랑을 받을 자격이 있는 한에
서만 그러하다 하겠습니다.
리처드 왕 사촌은 자격이 충분하지. 가질 수 있는 가장 강력하고
 확실한 길을
 아는 자들은 가질 자격이 충분한지라.
 〔볼링브루크가 몸을 일으킨다〕
 〔요크에게〕 삼촌, 제게 손을 주세요. 아녜요, 울지 마세요.
 눈물은 눈물의 사랑을 보여 주지만, 그 치료 효과는 전혀 없
거든요.
 〔볼링브루크에게〕 사촌, 난 사촌의 아버지가 되기에는 너무 젊
소.
 사촌은 내 상속자가 되기에 충분한 나이지만.
 사촌이 원하는 것을 내가 줄 것이오, 게다가 흔쾌히 말이오,
 왜냐면 우리는 힘센 자가 하라는 대로 해야 하거든.
 런던으로 가겠군, 사촌, 그렇지요?
볼링브루크 예, 훌륭하신 저의 폐하.
리처드 왕 그렇다면 내가 거부해선 안 되지.

 화려한 취주. 모두 퇴장

3막 4장
요크 공작의 정원

♛

왕비가 그녀의 두 시녀와 함께 등장

왕비 여기 이 정원에서 우리가 무슨 놀이를 하면,
　　　무거운 근심 걱정을 몰아낼 수 있을까?
첫 번째 시녀 마마, 잔디 볼링을 하시죠.
왕비 그걸 하면 세상이 온통 울퉁불퉁 장애물투성이고,
　　　내 운이 치우쳐 간다는 생각이 날 거야.
두 번째 시녀 마마, 춤을 추시죠.
왕비 내 발이 기쁘게 춤 스텝을 밟을 수는 없겠지
　　　내 불쌍한 가슴이 슬픔을 가누지 못하는 판에.
　　　그러니 춤은 관두자, 얘들아. 뭔가 다른 놀이를.
첫 번째 시녀 마마, 이야기를 해보죠.
왕비 슬픈 얘기 아니면 즐거운 얘기?
첫 번째 시녀 어느 쪽이든요, 마마.
왕비 둘 다 싫다, 얘야.
　　　즐거운 얘기라면, 내게 즐거움이 통 없으니,
　　　내게 슬픔을 더욱 상기시킬 거 아니냐,
　　　슬픈 얘기라면, 내가 온통 슬픔뿐이니,
　　　나의 없는 즐거움에 슬픔을 보탤 거 아니냐.

지니고 있는 건 반복할 필요가 없고,

없는 건 불평해 봐야 아무 소용이 없으니까.

두 번째 시녀 마마, 제가 노래를 부르겠습니다.

왕비 부를 이유가 있다는 건 좋아,

하지만 네가 울어 준다면 난 더 기분이 좋아질 거야.

두 번째 시녀 울 수 있지요, 마마, 그게 마마께 도움이 된다면.

왕비 나는 노래할 수 있고, 우는 게 내게 도움이 된다면 말야,

네 눈물을 빌릴 필요가 전혀 없을 테고 말이다.

〔정원사와 두 사내 등장〕

하지만 잠깐 정원사들이 오는구나.

이 나무들 그늘 속으로 들어가자꾸나.

내 엄청난 비참을 걸고 사소한 핀 벌여 놓은 것과 내기하건대

저들은 나라 얘기를 할 거야. 누구나 다 그러거든

변화 조짐이 보이면 말야. 비탄이 비탄으로 예고되는 거지.

왕비와 왕비 시녀들이 옆으로 비켜선다.

정원사 〔첫 번째 사내에게〕 자, 너는 달랑 매달린 어린 살구들 중

제멋대로 구는 자식들처럼, 아비를

자기들의 과도한 몸무게로 당겨 축 늘어지게 만드는 것들을 엮어 매거라.

휘는 가지들을 좀 받쳐 주고.

〔두 번째 사내에게〕 너도 가, 그리고, 사형 집행인처럼,

잘라 버려, 너무 빨리 자라나서

우리 공동체로서는 너무 드높아 보이는 가지들을.

우리 정부에서는 모든 게 평등해야 하는 거야.

너희 일거리를 일러주었으니, 난 가서

해로운 잡초를 뽑을란다. 이것들은 주는 거 하나 없이

토양의 자양분을 유익한 꽃들 못 먹게 빨아들인단 말야.

첫 번째 사내 왜 우리가, 이 울타리 안에서,

법과 격식과 적당한 비율을 지켜야 한단 말이오,

그건 우리의 안정된 정부의 전범에서나 볼 수 있는 거고,

정작 바다를 울타리 벽 삼은 우리의 정원, 국토 전체는,

잡초투성이고, 가장 아름다운 꽃들이 숨을 못 쉬고,

과실수는 하나같이 가지치기가 안 되어 있고, 울타리는 무너졌고,

매듭이 풀어졌고, 건강에 좋은 약초는

쐐기벌레 떼에 시달리는 판에?

정원사 입 닥치거라.

이 무질서한 봄을 용인했던 사람은

지금 스스로 낙엽 신세야.

넓게 펼쳐진 그의 잎새가 가려 주었던 잡초들은,

그를 갉아 먹으면서도 지탱해 주는 것처럼 보였으나,

뽑혔다, 뿌리를 포함하여 통째로, 볼링브루크에 의해—

윌트셔 백작, 부시, 그린 말이다.

두 번째 사내 아니, 그들이 죽었다는 거요?

정원사 죽었지, 그리고 볼링브루크가

사로잡았어, 그 낭비벽 심한 왕을. 오, 정말 안된 일이야

그는 자신의 나라를 다듬고 재배하지 않은 거야,

우리도 이 정원을 그렇게 하는데! 우리는 철이 되면

상채기를 내잖아, 나무껍질, 우리 과실수의 살갗에다 말야,

그건, 수액과 피가 방자하게 차오를 경우,

너무 풍족해서 나무가 망가져 버리기 때문이거든.

그이도 지체 높고 더 높아지는 사람들한테 그랬더라면,

그들도 살아서 열매를 맺었을 거고, 그이도 맛보셨을 거 아

닌가,

그들 충성의 열매를 말이다. 필요 이상의 가지들을

우리는 쳐내지, 그래야 열매 맺는 가지들이 사니까.

그이도 그렇게 하셨다면, 그 자신 왕관을 유지하셨을 텐데,

게으른 시간 낭비로 내팽개쳐 버린 셈이지.

첫 번째 사내 뭐라, 그렇담 아저씨 생각에 왕이 폐위될 것 같소?

정원사 이미 낮아졌지, 그리고 폐위는

우려 사항이고. 어젯밤 편지가

그 착하신 요크 공작의 소중한 친구 한 명한테 전달되었는

데

불길한 내용이라 그러대.

왕비 오, 말을 안 하면 정말 죽을 것 같구나!

〔그녀가 앞으로 나온다〕

너, 늙은 아담처럼 생겨 갖고, 이 정원이나 가꾸는 자가,

어떻게 감히 그 거칠고 무지한 혓바닥으로 이 불쾌한 소식

을 지껄여 댈 수 있는가?

어떤 이브가, 어떤 뱀이 너를 꼬드겨,

자행케 하는가, 저주받은 인간의 두 번째 타락을?

리처드 왕께서 폐위되신다니 그게 무슨 소리지?

네가 감히, 흙 한줌보다 더 나을 것도 별로 없는 네놈이 감

히,

그분의 몰락을 예언해? 말하라, 어디서, 언제, 그리고 어떻게

너는 이 소식을 접하였느냐? 말하라, 이 못된 놈!

정원사 용서하소서, 마마. 저도 별로 내키지 않습니다,

이런 소식을 내뱉는 것이, 하지만, 제 말은 사실입니다.

리처드 왕 그분은 강력한

볼링브루크의 수중에 있어요. 두 분 모두의 운명이 결판났

습니다.

마마 남편분의 저울접시에는 그분 자신 밖에 없고

그나마 있다는 것들은 헛되어 오히려 그분 무게를 가볍게

하고 있어요.

하지만 위대한 볼링브루크의 저울접시에는,

그 자신 외에, 잉글랜드의 모든 귀족들이 올라 있고,

그런 차이로 그가 리처드 왕을 찍어 누르고 있습니다.

마마께서 서둘러 런던으로 가시면 아시게 될 겁니다.

저는 누구나 다 아는 사실을 말했을 뿐이니까요.

왕비 그토록 발이 가벼운, 민첩한 불행이여,

너의 전언은 수신자가 나 아니었더냐,

그런데도 내가 맨 마지막으로 그걸 알아야 한단 말인가?

오, 그대 생각은

나를 마지막 수신자로 하여, 내가 가장 오래

그대 슬픔을 내 가슴에 간직케 하려는 거였구나. 가자, 애들

아, 가서

뵙자, 런던에서, 비탄에 빠진 런던의 왕을.

무어라, 나는 이러기 위해 태어났는가, 나의 슬픈 표정으로

위대한 볼링브루크의 승리 행진을 장식해야 한단 말인가?
정원사, 내게 이러한 비탄의 소식 전했으므로,
하나님께 기도컨대 네가 접붙인 나무는 결코 자라지 못하리라.

시녀들과 함께 퇴장

정원사 불쌍한 왕비님, 왕비님 처지가 더 나빠지지 않을 수만 있다면,
제 접목 기술이야 왕비님 저주를 받아도 괜찮지요.
여기서 그녀가 눈물을 한 방울 떨어트리셨지. 여기 이곳에다
동정과 참회의 약초, 쓰디쓴 은총의 약초를 심어 드려야겠다.
동정을 위해서라도 회한의 여기서 곧 자라나겠지
눈물 흘리시던 왕비를 기억하며.

모두 퇴장

제4막

오, 내가 조롱거리 눈사람 왕이라면,
볼링브루크의 태양 앞에서
물방울로 녹아 없어질 수 있었을 텐데!

4막 1장

웨스트민스터 홀

의회 중, 랭커스터 및 헤러포드 공작 볼링브루크, 오멀 공작, 노섬
벌랜드 백작, 해리 퍼시, 피츠월터 경, 서리 공작, 칼라일 주교, 그
리고 웨스트민스터 대수도원장 등장

볼링브루크 베이갓을 부르시오.

  〔관리들과 함께 베이갓 등장〕

  자, 베이갓, 네 속을 털어놓아 보아라.

  고결한 글로스터의 죽음에 대해 알고 있는 것이 무언지,

  누가 왕에게 그 일을 꼬드겼는지, 그리고 누가 저질렀는지,

  그분의 때아닌 죽음의 피비린 집행을.

베이갓 그렇다면 내 앞에 오멀 경을 세워 주시오.

볼링브루크 〔오멀에게〕 사촌, 앞으로 나와서, 저자와 마주 서게.

  오멀이 앞으로 나선다.

베이갓 나의 오멀 경, 당신의 과감한 혀는

  한번 내뱉은 말 도로 삼키는 짓을 경멸하는 걸로 알고 있소.

  글로스터의 죽음이 음모되던 그 치명적인 시간에

  난 들었소 당신이 '내 팔 길이가 워낙 기니까

  평화로운 잉글랜드 궁정에서 주욱죽 뻗어 나가

칼레까지, 내 삼촌의 머리에까지 가닿을 수 있지 않겠어?'

라고 말하는 것을.

　　바로 그 시간 다른 많은 말들이 오가는 중에

　　나는 당신이 이런 소릴 하는 것도 들었지, 차라리

　　금화 십만 크라운을 거절할망정

　　볼링브루크의 귀국을 받아들이지는 않겠노라고 말야,

　　게다가 덧붙였지, 이 나라는 얼마나 복받을 것인가

　　당신의 사촌 이분이 죽으면, 이라고.

오멀　왕족과 고결한 귀족 여러분,

　　제가 어떻게 답해야 할까요, 이 비천한 자에게?

　　저의 명예로운 태생을 크게 명예 훼손시키면서

　　대등한 입장에서 이자를 응징해야 할까요?

　　저는 그래야 합니다, 아니면 저의 명예가 더럽혀질 테니까요,

　　이자 중상모략 입술의 고소로써 말이죠.

　　　　〔그가 자신의 장갑을 던진다〕

　　결투 신청이다, 너를 지옥행으로 점찍는

　　죽음의 손도장이지. 내가 말하건대 넌 거짓말을 하고 있고,

　　내가 확정할 것이다 네가 한 말은 거짓이라는 것을

　　네 심장의 피로, 비록 너무나 비천한 피라서

　　내 기사검의 자질을 더럽히고 싶지 않지만.

볼링브루크　베이갓, 멈추라. 너는 그것을 집어 들 수 없어.

오멀　한 분을 제외하면, 나는 나를 이토록 분노케 한

　　저자가 이 자리에 계신 분 중 최고위직이라면 좋겠소.

피츠월터　만일 그대의 용기가 대등한 직위에 기반하는 것이라면,

　　내가 받아 주마, 오멀, 그대의 결투 신청을.

〔그가 자신의 장갑을 던진다〕

네가 서 있는 곳을 보여 주는 저 아름다운 태양에 맹세코,

나는 네가 하는 말을 들었다, 아주 떠벌이더군,

네놈이 고결한 글로스터의 죽음을 초래한 원인이라고 말야.

네놈이 그걸 스무 번 부정한대도, 넌 거짓말을 해 대는 것이 고,

내가 네놈의 거짓을 네 심장한테 돌려주마,

거기서 거짓이 날조되었으니, 내 칼끝으로 돌려주고야 말리 라.

오멀 너는, 겁쟁이라, 감히 살아서 그날을 보지 못할걸.

피츠월터 내 영혼을 걸겠으니, 그날이 지금이면 좋겠구나.

오멀 피츠월터, 네놈은 이제 지옥행이야.

해리 퍼시 오멀, 네놈이 거짓말을 하고 있어. 그는 이 고소에서

네놈이 온통 불의한 바로 그만큼 명예롭다

그리고 네놈이 그리 나오겠다면, 내가 결투를 신청한다

〔그가 자신의 장갑을 던진다〕

그것을 필멸의 숨결이

끊어질 때까지 증명해 보이기 위해서. 감히 하겠다면 그것 을 집어라.

오멀 이걸 안 집느니, 내 손이 썩어 문드러지는 게 낫지,

그리하여 결코 두 번 다시는 복수의 칼날을

내 원수의 반짝이는 투구에 휘두를 수 없게 되는 게 차라리 낫겠다.

또 다른 대신 나는 대지에 맹세하겠다, 거짓 맹세의 오멀,

그리고 너를 자극하겠다, 해 뜰 때부터 해 질 때까지

내가 너의 기만적인 귀에 대고 외칠 수 있을 만큼 외칠 테
다,

거짓말에 대한 고소 내용을. 내 명예의 담보물을 던질 테니,

감히 해보겠다면 결투 신청을 받거라.

그가 자기 장갑을 던진다.

오멀 도전자 누구 또 없는가? 하늘에 맹세코, 모두 상대해 주마.

내 가슴은 하나지만 천의 영혼이 깃들어 있고

너희 따위 2만 명도 상대할 수 있으니.

서리 나의 피츠월터 경, 난 기억이 생생하오

오멀과 당신이 대화를 나누던 그때가.

피츠월터 정말 그래요. 당신이 그때 있었죠,

그러니 증언해 줄 수 있겠네요, 내 말이 사실이라고.

서리 거짓이오, 하늘에 맹세코, 하늘 자신이 진실한 바로 그만큼.

피츠월터 서리, 거짓말 마시오.

서리 이 비열한 놈,

그 거짓말은 내 칼 위에 너무도 무겁게 놓여

내 칼이 복수에 복수를 거듭할 것이다.

마침내 네놈, 거짓말하는 자와 그 거짓말이

땅 속에 네 아버지 해골처럼 고요히 누울 때까지

그 증명으로, 이것이 내 명예의 담보물이다.

〔그가 자신의 장갑을 던진다〕

감히 해보겠다면 결투 신청을 받거라.

피츠월터 참으로 어리석구나, 그렇잖아도 달리고 싶은 말에다 박

차를 가하는 꼴이!

내가 감히 먹고, 혹은 마시고, 혹은 숨쉬고, 혹은 사는 거라
면,

그렇게 감히 서리를 만나겠지, 허허벌판에서,

그리고 그자한테 침을 연신 뱉어 대며 넌 거짓말쟁이야,

넌 거짓말쟁이, 넌 거짓말쟁이야, 그러구말구. 너를 단단히
고쳐 놓겠다는

내 확신의 담보물을 집어 들거라.

내가 이 새로운 세상에서 열심히 살아 보려 하거니와,

오멀은 내 진실된 고소에 유죄올시다.

게다가, 추방된 노포크가 말하는 걸 내가 들었는데,

오멀, 네놈이, 심복 두 명을 보내어

칼레에서 그 고결한 공작님을 해치웠다고 하더라.

오멀 누구 정직한 기독교도께서 제게 담보물을 빌려 주시죠.

〔그가 다른 사람의 장갑을 받아 던진다〕

그 노포크는 거짓말쟁이요, 내가 이것을 던진 것은,

그의 추방이 취소될 경우, 그의 명예를 시험하고자 함이오.

볼링브루크 이 이견들은 모두 결투 신청 상태로 연기해 둡시다

노포크 추방 조치가 취소될 때까지. 그의 추방은 취소될 것
이오,

그리고, 비록 나의 적이지만, 다시 소유하게 될 것이오

온갖 그의 토지와 저택들을. 그가 돌아오면,

오멀을 상대로 그가 명예를 시험하게끔 조치합시다.

칼라일 주교 그 명예로운 날은 결코 맞을 수 없을 겁니다.

노포크는 추방 중에 여러 차례 싸웠소

예수 그리스도를 위한 명예로운 기독교 전장에서,

기독교 십자가 깃발이 내를 이루게 했지요
검은 이교도, 터키인들, 그리고 사라센인들에 맞서.
그리고, 전쟁의 노고로 기진맥진하여, 물러났습니다
이탈리아로, 그리고 그곳 베니스에서 바쳤어요
자신의 육체를 그 쾌활한 나라의 대지에,
순수한 영혼은 그의 지휘관, 그리스도에게 바쳤구요,
그토록 오랫동안 그가 그 기치 아래 싸웠으니까요.

볼링브루크 뭐라, 칼라일 주교, 노포크가 죽었습니까?

칼라일 주교 제가 살아 있는 것만큼이나 확실하게요. 공작님.

볼링브루크 부드러운 평화가 그의 부드러운 영혼을 이끌어
착한 노인 아브라함의 가슴에 가닿게 하기를!
고소인 영주님들,
여러분의 이견들은 모두 결투 신청 상태로 연기될 것이오
우리가 여러분의 결투 날짜를 알려 드릴 때까지.

　　　　요크 공작 등장

요크 위대하신 랭커스터 공작, 제가 공작께 온 것은
투구 깃털 뽑힌 리처드가 보내서인데, 그가 흔쾌히
공작을 그의 상속자로 입양하고, 그의 드높은 왕홀을 넘겨
준다 하오
왕이 되신 공작의 수중에.
그의 옥좌에 오르소서, 그에게서 내려오고 있는 그것에,
그리고 만세 헨리, 그 이름의 네 번째 왕!

볼링브루크 하나님의 이름으로 내가 왕의 권좌에 오르겠소.

칼라일 주교 천만에, 결코 안 됩니다!

왕족들이 계신 이 자리에서 말하기에는 제가 가장 하찮은 사람이겠으나,

진실을 말하는 것은 맡은 바 내 본분에 가장 걸맞는 일일 것이오.

여기 고귀한 분들 중 누구든

고귀한 리처드를 올바르게 심판하실 만큼

참으로 고귀하시다면 좋겠죠. 계시더라도 그분은 스스로의 고귀함으로

깨달으실 것이오, 이렇게 더러운 범죄를 저지르면 안 된다는 것을.

어떤 신하가 자신의 왕에게 언도를 내릴 수 있답니까?

그리고 여기 앉아 계신 분 중 리처드의 신하 아닌 사람 그 누굽니까?

도둑도 본인 참석 없이 재판을 받지 아니합니다,

명백히 유죄로 보이는 경우에도 말입니다.

하물며 하나님 위엄의 모습을,

하나님이 뽑으시고, 기름 부으시고, 대관시키시고, 오랜 세월 심어 주신,

하나님의 장수, 집사, 대리인을

신하 및 열등한 생명들이 재판하면서,

당사자 없이 궐석으로 치르다니요? 오, 금하소서, 하나님, 기독교 환경에서 세련된 영혼들의

이토록 가증스럽고, 시커멓고, 악취 나는 짓거리를!

내가 신하분들께 할 말이 있소, 그리고 한 명의 신하로서

하나님의 명을 받아 그의 왕을 위해 이리도 과감하게 말하

는 것이오.

　여기 있는 헤러포드 경은, 당신들이 왕이라 부르지만,

　더러운 반역자요. 헤러포드의 위풍당당한 왕께.

　그리고, 당신들이 그에게 왕관을 씌운다면, 내 예언컨대

　잉글랜드인의 피가 땅에 거름 노릇을 할 것이고,

　후대가 이 더러운 짓 때문에 신음하게 될 것이오.

　평화는 터키인들 및 비기독교인들과 동침하러 떠날 것이고,

　평화의 이 자리에서는 떠들썩한 전쟁이

　친척이 친척을, 동포가 동포를 파멸시키게 만들 것이오.

　무질서, 공포, 두려움, 그리고 폭동이

　이곳에 거주할 것이고, 이 나라 영토는 불릴 것이오,

　골고다와 죽은 자 해골들의 벌판으로.

　오, 만일 당신들이 이 가문을 키워 이 가문에 맞세우면

　그건 이 저주받은 대지에 내린

　가장 비통한 분열로 드러날 거요!

　막으시오, 오 물리치시오 그 일을. 그리 마시오,

　아이들이, 아이의 아이들이, 당신들을 원망하지 않도록.

노섬벌랜드　말씀 감명 깊게 들었고, 주교 선생, 애쓴 데 대한 보답으로

　당신을 대역죄로 현장 체포하겠소.

　웨스트민스터 대수도원장님께서, 맡아 주시죠

　재판 날까지 잘 좀 지켜 주세요.

　여러분들, 영주님들은, 하원의 리처드 재판 요구를 승인하시는 겁니까?

볼링브루크　리처드를 이리 데려오세요, 공개적으로

양위를 하게끔. 그러면 우리가 일을 진행해도

의구심들이 없겠지.

요크 내가 그를 데리고 오겠네. [퇴장]

볼링브루크 대신들, 이 자리에 우리가 억류하고 있는 분들은,

소환 시 출석을 담보할 보석 보증인을 마련하시오.

당신들 사랑에 우리가 신세진 바 별로 없고,

당신들 도움의 손을 별로 기대하지도 않았소.

왕관과 왕홀을 든 시종들과 함께 리처드와 요크 공작 등장

리처드 아아, 왜 나는 왕에게 불려 온 걸까

남을 통치하던 그 왕으로서 생각을

내가 떨쳐 버리기도 전에? 난 아직도 채 익히지 못했다,

교묘하게 환심을 사고, 아첨을 떨고, 절하고, 또 무릎 굽히

는 법을.

슬픔에게 잠시 짬을 주어 나를 입문시키게 하라,

이 복종에. 근데 내가 잘 아는

얼굴들이군. 나의 신하들 아니었나?

때때로 내게 '만세!' 하고 외치던 그 사람들 아닌가?

유다도 그리스도한테 그랬어. 하지만 그분은 열두 명 중

한 명을 제외한 모두에게서 진실을 찾았어. 난, 만 이천 명

중에, 한 명도 못 찾았지.

국왕 폐하 만세! 아무도 '아멘'하지 않겠는가?

날더러 사제 역과 사제 보조 역 모두 하라구? 좋아 그렇다

면, 아멘.

국왕 폐하 만세, 비록 난 그가 아니지만.

그렇지만 아멘, 만일 하늘이 날 그렇고 생각하신다면.

무슨 예배길래 날 오라 하였는가?

요크 폐하 자신의 호의를 집행코자 함이오,

왕으로서의 책무에 지쳤다면서 스스로 제안하시지 않으셨
소,

국가와 왕관을

헨리 볼링브루크에게 물려주는 것을.

리처드 〔시종들에게〕 왕관을 내게 다오. 〔볼링브루크에게〕 자, 사촌,
왕관을 잡으시게.

어서, 사촌. 이쪽은 나의 손, 그쪽은 사촌의 손.

지금 이 황금 왕관은 깊은 우물과 같네

두레박이 두 개를 교대로 채우는,

빈 두레박은 늘 허공에서 춤추고,

다른 두레박은 내려가, 보이지 않고, 물이 가득 차 있지.

내려가서 눈물로 가득 채운 두레박이 바로 나일세,

내 슬픔을 마시는 거지, 사촌은 높이 올라가는 거고.

볼링브루크 자진하여 물려주는 걸로 알고 있었습니다만.

리처드 내 왕관은 그렇지만, 여전히 슬픔은 나의 것이오.

그대가 나의 영광과 나의 왕위를 폐위할 수는 있으나,

내 슬픔은 그리 못하오. 영원히 나는 슬픔의 왕이오.

볼링브루크 심려의 일부를 내게 넘기시는 거죠, 그 왕관과 함께.

리처드 그대의 심려가 창설된다 하여 내 심려가 뿌리 뽑히는 것
은 아니오.

내 심려는 옛 심려가 잃어버린 심려의 상실이오,

그대의 심려는 새로운 심려가 쟁취한 심려의 획득이고.

내가 내주는 심려를 난 갖고 있소. 비록 내주었지만

그 심려들은 왕관을 따르지만, 여전히 내 곁에 머물러 있소.

볼링브루크 왕관을 물려주는 데 동의하십니까?

리처드 그렇소, 아니오. 아니오, 그렇소. 난 아무것도 아니니까

그러므로 아니오, 그대를 위해 난 물러나니까.

이제 날 잘 보시오 내가 어떻게 날 무화하는지.

내가 이 무거운 것을 내 머리에서 벗어 주노라,

　　　〔볼링브루크가 왕관을 받는다〕

그리고 다루기 힘든 이 왕홀을 내 손에서 벗어 주노라,

　　　〔볼링브루크가 왕홀을 받는다〕

왕으로서 지배하던 긍지를 내 마음에서 벗어 주노라.

내 자신의 눈물로 나는 성유를 씻어 내고,

내 자신의 손으로 나는 내 왕관을 건네주고,

내 자신의 혀로 나는 나의 성스러운 왕권을 부인하고,

내 자신의 숨으로 방면하노라, 온갖 충성의 서약들을.

온갖 광휘와 위엄을 결단코 나는 그만두노라.

나의 장원, 지대, 세입을 나는 버리노라.

나의 법령, 시행령, 그리고 성문율을 나는 부인하노라.

하나님 나에게 깨트려진 온갖 선서를 용서하소서.

당신께 깨트려지지 않은 모든 선서를 지켜 주소서.

저를, 아무것도 가진 게 없으므로, 아무것에도 슬퍼하게 마소서,

그리고 하나님이 그대를 모든 것에 흡족한 마음이게 하시기를, 그대가 모든 것을 이루었으니.

리처드의 자리에 앉아 부디 오래 살기를,

그리고 리처드는 곧 흙구덩이 속에 누워 있기를.

'하나님 헨리 왕을 보살펴 주시고', 폐위된 리처드가 말씀을 립니다,

'세세년년 햇빛 밝은 날 있게 하소서.'

뭐가 더 남았지?

노섬벌랜드 〔리처드에게 서류를 건네며〕

　　이제 이것을 크게 읽어 주는 일만 남았소,

　　이 서류는 당신 자신과 당신의 추종자들이

　　국가와 이 땅의 안정된 번영에 반하여 저지른

　　중대한 과실과 범죄를 적은 것인데,

　　이 내용을 참회 고백하면, 사람들 마음에

　　당신의 폐위가 마땅하다는 생각이 들 것이오.

리처드　내가 그래야 하는가? 그리고 내가 풀어야 하는가

　　내가 짜 놓은 어리석음을? 마음씨 고운 노섬벌랜드,

　　만약 그대의 위법 행위가 기록되어 있다면,

　　치욕스럽지 않겠는가, 이렇게 근사한 친구들 앞에서

　　공개적으로 그걸 낭독하는 것이? 그대가 그리한다면,

　　그대는 그 목록 중 가증스러운 항목 하나를 보게 될 것인데,

　　왕을 폐위시켰다는 것이고,

　　선서의 강력한 보증을 깨트렸다는 것이다.

　　더럽혀진, 하늘의 책이 저주하는 내용일 것이야.

　　아니지, 나의 비참함이 미끼로 나 자신을 긇리는 것을

　　서서 수수방관한 너희들 모두,

　　비록 몇몇은, 빌라도와 함께, 손을 씻고,

　　겉으로 동정할지 모르겠으나, 그러나 너희 빌라도들이

이 자리에서 나를 넘겨준 것이다. 나의 쓰라린 십자가한테
로.

그러니 물로는 너희 죄를 씻을 수 없어.

노섬벌랜드 주군, 서둘러 주시오. 이 항목들을 읽어요.

리처드 내 눈은 눈물로 가득하다, 보이지가 않아.

그렇지만 짠물이 날 아주 눈멀게 하지는 않았군

여기 반역자들이 한 꾸러미나 보이니 말이지.

아니지, 내 눈으로 나 자신을 들여다보면,

보인다, 나 자신도 나머지와 함께 반역자인 것이,

왜냐면 난 이 자리에서 내 영혼의 찬성표를 던졌어,

왕의 화려한 의상을 발가벗기는 것에,

만들었지, 영광을 비천하게, 주권을 노예로,

당당한 폐하를 하인으로, 왕을 농사꾼으로 만들었다.

노섬벌랜드 나의 주군—

리처드 누가 너의 주인이라더냐, 이 건방지고 능멸을 일삼는 놈,

누구의 주인도 아니야. 난 이름도, 칭호도 없어,

없어, 세례 때 붙여진 이름도,

찬탈당했느니. 아아 너무도 슬픈 날이다,

그토록 숱한 겨울을 견디고 나서,

나를 어떤 이름으로 불러야 할지도 모르게 되다니!

오, 내가 조롱거리 눈사람 왕이라면,

볼링브루크의 태양 앞에서

물방울로 녹아 없어질 수 있었을 텐데!

훌륭하신 왕, 위대하신 왕—아직 위대하게 훌륭하시지는 않
겠으나—

내 말이 잉글랜드에서 아직 유통되는 거라면,

즉시 거울을 가져오라 명해 주시오,

그것이 내게 내 얼굴 생김새를 보여 줄 수 있도록,

그것이 얼굴 폐하의 파탄이겠나니.

볼링브루크 누가 가서 면경을 가져오너라.

　　　　한두 명 퇴장

노섬벌랜드 거울을 가져오는 동안 이 서류를 읽으시오.

리처드 원수놈, 내가 지옥에 가기도 전에 날 고문할 참이로구나.

볼링브루크 더 이상 채근 마시오, 나의 노섬벌랜드 경.

노섬벌랜드 안 그러면 하원에서 불만이 일 텐데요.

리처드 만족할 것이야. 내가 충분히 읽을 것이거든

나의 모든 죄가 담긴

바로 그 책을 보게 되면, 참으로, 그리고 그건 내 자신이지.

　　　　〔한 사람이 거울을 들고 등장〕

그 거울을 이리 다오, 그러면 내가 그 속을 읽을 것이다.

　　　　〔리처드가 거울을 받아 들고 그 안을 들여다본다〕

아직 주름이 이 정도 깊이 밖에 안 되는가? 슬픔이 내 얼굴을

그리도 여러 번 가격했건만

상처의 깊이가 겨우 이 정도? 오 아첨 떠는 거울이다,

한창때 나의 추종자들처럼,

네가 나를 속이는구나! 이 얼굴이 바로 그 얼굴인가,

매일 자기 집 지붕 아래

천 명의 하인을 거느리던? 이것이 바로 그 얼굴인가,

태양과도 같이 보는 이를 눈 감게 하던?

이것이 바로 그 얼굴인가, 그 숱한 어리석음을 묵인하고,

마침내 노려보는 볼링브루크한테 기가 질려 버린?

부서지기 쉬운 영광이 이 얼굴에 빛나는군,

영광이 얼굴인 바로 그만큼 부서지기 쉬운,

〔그가 거울을 박살낸다〕

왜냐면 보라 저기, 백 개의 조각으로 부서졌으니.

명심하시오, 말씀이 없으신 왕, 이 장난의 교훈을,

얼마나 빠른 시간에 나의 슬픔이 나의 얼굴을 파괴했는가

를.

볼링브루크 그대 슬픔의 그림자가 파괴한 거죠,

그대 얼굴의 그림자를.

리처드 뭐라 하시었소.

'내 슬픔의 그림자'—하, 따져 봅시다.

그건 아주 진실된 것이오. 내 슬픔이 모두 그 안에 있고,

겉보기의 애도 예식이야말로

보이지 않는 슬픔에 따라붙는 그림자에 불과하고 진짜 슬픔은

고문당하는 영혼 속에 침묵으로써 부풀어 오르는 것이오.

핵심은 그 안에 있고, 난 그대가 고맙소, 왕,

그대의 커다란 은혜로 내가 통곡할

명분을 갖게 되었을 뿐 아니라, 배우게 되었소,

그 명분을 애도하는 방법까지. 은혜를 하나 더 청하고,

그런 다음 난 사라져 더 이상 그대를 귀찮게 하지 않을 것이

오.

내 청을 들어주시겠소?

볼링브루크 말하시오, 올바르신 사촌.

리처드 올바르신 사촌? 난 왕보다 더 위대하구려

　　　내가 왕이었을 때는 내게 아첨하던 자들이

　　　그 당시 신하에 불과했었는데 지금은 내가 신하인데도,

　　　여기 계신 왕을 나의 아첨꾼으로 두고 있으니 말이오.

　　　그토록 위대하다면, 내가 애원할 필요가 없었던 것을.

볼링브루크 그래도 청하시죠.

리처드 그러면 들어주신다?

볼링브루크 들어드리겠습니다.

리처드 그렇다면 가도 좋다는 허락을 내가 청하오.

볼링브루크 어디로요?

리처드 그대가 가라는 곳으로, 그대가 눈에 띄지 않는 곳이라면

　　　어디든.

볼링브루크 너희 중 몇이, 이분을 런던탑으로 모셔 가거라.

리처드 오 훌륭하오, '모셔 가라'! 너희들은 모두 왕위를 모셔 가

　　　는 놈들이지,

　　　진정한 왕의 추락으로 이리도 민첩하게 올라서는.

　　　　　감시 호위를 받으며 리처드 퇴장

볼링브루크 오는 수요일 짐이 장엄하게 치를 것이오

　　　짐의 대관식을, 경들도 준비를 해 주시오.

　　　　　모두 퇴장하고, 웨스터민스터 대수도원장, 칼라일 주교, 그리고
　　　　　오멀은 남는다.

웨스터민스터 대수도원장 통탄할 광경을 우리가 여기서 보고 말았

　　　소.

칼라일 주교 장차 닥칠 일에 비하면 아무것도 아니죠, 아직 태어나

　지도 않은 아이들이

　　이 날을 가시처럼 아프게 느끼게 될 겁니다.

오멀 두 분은 성직자신데, 무슨 방법이 좀 없겠습니까,

　　왕국에서 이 치명적인 오점을 씻어 낼 길이?

웨스트민스터 대수도원장 공작, 이 문제에 관한 내 생각을 기탄 없이

　말하기 전에,

　　공작께서는 엄숙한 성찬 선서를 하셔야 하오,

　　내 말을 결코 발설하지 않을 뿐 아니라, 반드시 실행하겠다

　는 선서,

　　내가 무슨 안을 어떻게 내놓게 되던 말이오.

　　보아하니 공작의 이마는 불만으로 가득하고,

　　가슴은 슬픔으로, 그리고 눈에는 눈물이 가득하구려.

　　나와 함께 집으로 가서 저녁을 합시다. 내가 말씀드리리다

　　우리 모두에게 즐거운 날 가져다줄 계획을.

　　　모두 퇴장

제5막

사악한 친구 사이 사랑은 두려움으로,
두려움은 증오로, 그리고 증오는 한쪽 혹은 양쪽 다
심각한 위험과 마땅한 죽음으로 몰아가는 법.

5막 1장
런던탑 근처 거리

왕비가 시녀들과 함께 등장

왕비　이 길로 왕이 오실 게다. 이 길로 가면
　　　줄리어스 시저가 못된 목적으로 지은 런던탑이 나오고,
　　　그 탑의 냉혹한 가슴에 유죄 선고를 받은 나의 남편이
　　　갇히실 운명이거든, 오만한 볼링브루크의 명에 따라.
　　　여기서 좀 쉬자, 이 반역의 대지가 혹시
　　　그녀의 진정한 왕의 왕비에게 한 뼘 휴식을 허락한다면.
　　　〔리처드가 감시 호위를 받으며 등장〕
　　　하지만 잠깐, 잠깐 저것 봐—아니 차라리 안 보는 게 나아—
　　　나의 아름다운 장미가 시들었구나. 하지만 얼굴을 들고, 똑
　　　바로 보거라,
　　　불쌍한 마음에 이슬로 녹아,
　　　저분을 다시 새롭게 진정한 사랑의 눈물로 씻어 드릴 수 있
　　　도록.—
　　　아, 당신은 그 옛날 트로이가 겪었던 멸망의 전범이로다!
　　　당신은 명예의 묘비명, 당신은 리처드 왕의 무덤이지,
　　　아니로다 리처드 왕은! 당신은 아름다운 여관인데
　　　왜 하필 추한 슬픔이 당신한테 묵고 있나요,

승리는 맥주 파는 여인숙 손님이 되어 버리고?

리처드 슬픔과 한편이 되지 마시오, 아름다운 여인, 그리 마오,

그러면 내 죽음이 너무 급작스럽잖소. 익히시오, 착한 사람,

우리의 예전 상태는 행복한 꿈이고,

그 꿈에서 깨어나 보니, 우리의 본질은

이것 밖에 안 되더라고 생각하는 법을. 나는 의형제요, 여보,

냉혹한 시련의, 그리고 그와 나는

죽을 때까지 동맹을 유지할 거요. 당신은 서둘러 프랑스로 가서,

어디 수도원에 들어가시오.

우리의 신앙생활이 새로운 세계의 왕관을 얻게 할 것이오,

이곳 불경한 시대가 내쳐 버렸지마는.

왕비 아니, 나의 리처드께서 외모와 마음 모두

변형되고 약해지셨단 말인가? 볼링브루크가

당신의 지능까지 폐위시켰나요? 그자가 당신 가슴 안에 들어 있나요?

사자는 죽어 가면서도 앞발을 내밀어

대지에 상채기를 냅니다. 다른 게 아무것도 없다면, 노여운 거죠

거꾸러진다는 것이. 그런데 당신이, 학생처럼,

체벌을 받아들이고, 유순하게 그 회초리에 입 맞추고,

천박한 자기비하로 분노에 살살 아양을 떠는가요,

사자이고, 짐승의 왕인 당신께서?

리처드 정말 짐승들의 왕이로다! 짐승들만 아니었다면,

나는 여전히 사람들의 행복한 왕이었을 터.

착한 옛 왕비, 서둘러 프랑스로 떠날 차비를 하시오.

내가 죽었다고 생각하오, 그리고 바로 지금 이 자리에서,

마치 임종인 듯, 당신의 마지막 작별 인사를 하시오.

겨울의 지루한 밤에, 화롯가에서

착한 이들과 함께 앉아, 그들이 당신한테 들려주게 하시오

아주 오래전 벌어진 비통한 일들을.

그리고 잘 자라고 하기 전에, 그들의 슬픈 이야기에 대한 보답으로

당신이 말해 주시오, 나의 통탄할 몰락을,

그리고 듣는 이들이 울며 그들 침대로 가게 하시오.

감각 없는 땔나무조차 공명하는 까닭이오.

마음을 움직이는 당신 혀의 무거운 억양에,

그리고 불은 연민으로 우느라 꺼질 것이므로,

그리고 장작 몇 개는 재만 남아 애도하고, 석탄 몇 개는 검게 애도할 것이므로,

적법한 왕의 폐위를 애도할 것이므로.

노섬벌랜드 백작 등장

노섬벌랜드 이보오, 볼링브루크의 마음이 변하셨소.

폼프릿 성으로 가서야 하오, 런던탑이 아니라.

그리고, 부인, 당신에 대한 조처가 내려졌소.

최대한 빠르게 부인은 프랑스로 떠나야 하오.

리처드 노섬벌랜드, 그대를 사다리 삼아

기세등등한 볼링브루크가 내 옥좌에 올랐거늘,

이제 오래지 않아

더 끌지 않고 그 더러운 죄악이, 단단히 썩고 곪아

터지고 말리라. 너는 필히,

그가 왕국을 절반으로 나누어 그 한쪽은 네게 준다 해도,

적다고 생각할 거야, 전부를 얻은 게 네 덕인데 말이지.

그는 필히 생각할 거야, 네가, 불법적인 왕을

한번 심어 봤으니, 언제든 다시,

옆 사람 부추김이 전혀 없더라도,

그를 찬탈의 왕좌에서 뽑아내어 땅바닥에 머리를 처박을 거

라고 말이지.

사악한 친구 사이 사랑은 두려움으로,

두려움은 증오로. 그리고 증오는 한쪽 혹은 양쪽 다

심각한 위험과 마땅한 죽음으로 몰아가는 법.

노섬벌랜드 내 죄는 내가 감당할 일, 그러니 더 이상 얘기 맙시다.

서로 작별하고 출발하시오, 두 분 다 즉시 떠나야 하니까.

리처드 이중으로 이혼이로다! 나쁜 놈들, 너희는 깨 버렸어

두 겹의 결혼을. 내 왕관과 나 사이,

그런 다음 나와 나의 결혼한 아내 사이.

〔왕비에게〕 그대와 나 사이 선서의 입맞춤을 풀어야겠구려—

그렇지만 그건 안 되지, 왜냐면 입맞춤으로 그건 맺어진 것

이니까.

우릴 가르거라, 노섬벌랜드. 나는 북쪽으로,

몸 떨리는 추위와 질병이 풍토를 괴롭히는 그곳으로,

나의 왕비는 프랑스로, 화려한 차림으로, 그곳으로부터 왕

비가 장려하게

상냥한 5월처럼 이곳으로 왔으나,

그곳으로 다시 쫓겨나는구나, 11월 1일 만성절처럼, 혹은 낮이 가장 짧은 날처럼.

왕비 우리가 나뉘어야 한다고요? 우리가 헤어져야 한다?

리처드 그렇소, 손이 손과, 내 사랑, 그리고 가슴이 가슴과 헤어지듯.

왕비 우리 둘 다 추방하고, 왕을 저와 함께 보내 주시오.

노섬벌랜드 그건 사랑은 되겠으나, 정치적으로는 순진한 처사겠지요.

왕비 그렇다면 저분이 가시는 그곳으로, 나도 가게 해 주시오.

리처드 우리가 함께 울어 슬픔을 하나로 만들면 되는 거요.

당신은 날 위해 프랑스에서 울고, 난 이곳에서 당신을 위해 울고.

멀리 떨어져 그러는 것이, 가까운 것보다 낫지, 행복에 더 가까운 것이 아닐 바에야.

당신은 당신의 길을 한숨으로 세고, 난 내 길을 한탄으로 세고.

왕비 가장 먼 길을 가장 기나긴 한탄으로 세시겠군요.

리처드 한 걸음에 두 번씩 한탄하리다, 내 길은 짧으니,

그리고 길을 조금씩 늘려 가리다, 무거운 마음으로.

자, 갑시다, 슬픔한테 하는 구애는 짧아야겠지,

왜냐면, 슬픔과 결혼하면, 슬픔이 너무도 기나길 테니까.

한 번의 입맞춤으로 우리 입을 막고, 말없이 헤어집시다.

이렇게 내가 나의 마음을 주고, 이렇게 내가 당신 마음을 받겠소.

그들이 입을 맞춘다.

왕비 내 마음을 다시 주세요. 난 싫어요

　　당신의 마음을 사로잡아 죽이는 역할이.

　　　〔그들이 입을 맞춘다〕

　　이렇게 제가 나의 마음을 다시 받았습니다, 가세요,

　　제가 애써 제 마음을 신음으로 죽일 수 있게끔.

리처드 이렇게 응석받이로 머뭇대다간 비탄이 헤픈 여자 되겠소.

　　다시 한 번 안녕. 나머지는 슬픔이 말하게 둡시다.

　　　한쪽 문으로 감시 호위를 받으며 리처드, 그리고 노섬벌랜드가,
　　　다른 쪽 문으로 왕비와 그 시녀들이 퇴장

5막 2장
요크 공작의 집

♛

요크 공작 및 공작부인 등장

요크 공작부인 여보, 나머지 얘기를 해 주겠다고 했잖아요,
　　　우시느라고 하다 마셨던
　　　우리 두 친척 런던 입성 이야기말예요.

요크 어디까지 했지?

요크 공작부인 그 처량한 대목이었죠, 여보,
　　　조야하고 제멋대로인 자들이 위층 창문에서
　　　먼지투성이 쓰레기를 리처드 왕 머리에다 쏟아붓더라는.

요크 그때, 내가 말했듯, 그 공작, 위대한 볼링브루크께서는,
　　　뜨겁고 불같은 준마를 타고 계셨는데,
　　　준마가 자신의 등에 올라탄 그 대망의 주인을 알아보는 듯
했고,
　　　그분은 느리지만 위엄 있는 속도로 계속 나아갔고,
　　　그러는 동안 모든 혀들이 외쳤소, '볼링브루크 만세!'를.
　　　당신이 보았다면 창문들조차 말을 한다고 생각했을 거요,
　　　그토록 많은 노소의 게걸스런 표정들이
　　　여닫이창을 통해 쏘아 대고 있었소, 그들의 갈망하는 시선
을

그분 안면에, 그리고 온갖 벽에 걸린

페인트 그림 휘장들이 한꺼번에 소리치는 듯했소,

'예수께서 그대를 지켜 주소서! 환영, 볼링브루크!'라고.

그러는 동안 그분은, 이쪽저쪽으로 몸을 돌리고,

모자를 벗고, 그분의 당당한 준마 목보다 더 낮은 자세로,

그들에게 이렇게 인사를 하시었소. '고맙습니다, 동포들이여.'

그리고 계속 그렇게 하면서, 그렇게 지나가셨소.

요크 공작부인 아아, 불쌍한 리처드! 그는 그동안 어땠나요?

요크 극장에서 사람들 눈이,

좋아하는 배우가 무대를 떠난 후,

그냥저냥 다음 등장인물을 바라보며,

저 배우는 쓸데없이 지루하겠군, 하고 생각하듯,

바로 그렇게, 혹은 그보다 더한 경멸감으로, 사람들의 눈이

리처드 그분을 못마땅해 했소. 아무도 '만세!'를 외치지 않고,

어떤 즐거운 혀 하나 그에게 귀환 환영의 말을 내뱉지 않더군.

그냥 먼지 더미를 그 거룩한 머리에 쏟아붓는데,

그걸 너무도 순한 슬픔으로 그분이 털어 내는 거야,

얼굴은 계속해서 울어야 할지 웃어야 할지 어쩔 줄 모르고,

그가 보여 준 슬픔과 인내의 표징들은,

하나님께서 모종의 강력한 의도를 갖고 사람들의

마음을 쇠처럼 매정하게 만드셔서 그렇지, 강제로 녹이고,

그리고 야만성 그 자체도 그를 불쌍히 여겼을 거요.

하지만 이런 일들은 모두 하나님의 뜻이니,

그분의 드높은 의지를 우리가 잠자코 따를 밖에.

볼링브루크께 우리는 이제 맹세한 신하요,

그분의 국가와 명예를 난 영원히 인정할 것이오.

오멀 공작 등장

요크 공작부인 내 아들 오멀이 오네요.

요크 오멀이었지,

하지만 그 직위는 상실되었소 그가 리처드 편이었기 때문에.

그러니, 부인, 이제 그를 '러틀랜드'라고 부르시오.

난 의회에서 보증인이오, 새 왕에 대한

그의 신하됨과 지속적인 충성의.

요크 공작부인 어서 오너라, 내 아들. 누가 이제 제비꽃들이더냐,

새봄의 푸르른 대지를 뒤덮을?

오멀 어머니, 전 모르겠어요. 크게 신경도 안 쓰고요.

사실 아무 제비꽃도 아닌 게 더 나을 것 같아요.

요크 그래, 너는 시간의 이 새로운 봄을 잘 견뎌야 하느니,

아니면 활짝 피기도 전에 싹이 잘려 버릴라.

옥스퍼드는 어떻든? 마상 창시합이며 가장 행렬을 연다고

하더냐?

오멀 제가 아는 바로는, 그런다던데요.

요크 너도 참석하겠지, 알 만해.

오멀 하나님이 막지 않으신다면, 그러려고 합니다.

요크 네 가슴 밖으로 삐죽 나온 그 봉인은 뭐냐?

그래, 낯색이 하얗게 질린다? 뭐라 썼는지 보자.

오멀 아버님, 아무것도 아닙니다.

요크 그럼 상관없잖느냐, 누가 보던.

난 보아야겠어. 뭐라 썼는지 보자니까.

오멀 참으로 청컨대 전하께서는 용서하소서.

별로 중요하지 않은 내용이오나,

모종의 이유로 저도 본 것을 후회하고 있습니다.

요크 그것을 난 모종의 이유로, 이놈, 봐야겠다.

두렵구나, 나는 두려워!

요크 공작부인 두려워하실 게 뭐가 있어요?

기껏해야 돈 꾼 증서겠지,

개선 축제날 입을 근사한 옷 한 벌 사느라.

요크 자신의 채무 증서? 그걸 왜 저 아이가 갖고 있나

채권자가 갖고 있어야지? 여보, 당신 참 어리석구려.

애야, 뭐라 썼는지 보여 다오.

오멀 참으로 청컨대, 절 용서하소서. 저는 보여 드릴 수가 없어
요.

요크 봐야겠어. 보자구, 내 말 들어.

〔그가 오멀의 가슴에서 그것을 나꿔채어 읽는다〕

반역이다, 추악한 반역이야! 이 악당, 반역자, 노예 놈 같으
니!

요크 공작부인 무슨 일이에요, 여보?

요크 호, 안에 누구 없느냐? 내 말에 안장을 얹어라.—

하나님 맙소사, 어떻게 이런 배신이!

요크 공작부인 왜요, 무슨 내용인데요, 여보?

요크 장화를 가져오너라, 당장. 내 말에 안장을 얹으라니까.—
　　이제 내 명예를 걸고, 내 생명을 걸고, 내 진실을 걸고,
　　내가 악당을 고발하리로다.

요크 공작부인 무슨 일이냐니까요?

요크 입 닥치시오. 멍청한 여자 같으니.

요크 공작부인 닥치지 않겠어요. 무슨 일이냐, 아들?

오멀 착하신 어머니, 걱정 마세요. 기껏해야
　　제 보잘것없는 목숨 하나 바치면 되는 일이니까요.

요크 공작부인 네 목숨을 바쳐?

요크 장화 가져오라니까. 왕한테 가겠다.

　　　　　　그의 하인이 장화를 들고 등장

요크 공작부인 저놈을 쳐라, 오멀! 불쌍도 해라, 네가 넋이 나간 모
　　양이구나.
　　〔요크의 하인에게〕 꺼져라, 이놈! 다시는 결코 내 눈에 띄지 말
　　렸다.

요크 장화를 달라고 하였소.

요크 공작부인 왜요, 요크, 어쩌시게요?
　　당신 자신의 범죄라면 숨기려 들지 않으실 건가요?
　　우리가 아들이 더 있나요? 아니면 아들을 더 볼 예정인가
　　요?
　　내 임신기가 지나도 한참 지난 거 몰라요?
　　그런데 이 나이에 당신이 내 어여쁜 아들을 뽑아내고,
　　나한테서 행복한 어미의 이름을 박탈하겠다는 건가요?
　　저 애가 당신 닮지 않았나요? 저 애가 당신 아들 아녜요?

요크 이런 멍청하고, 정신 나간 여자 같으니,

　　　당신은 이 어두운 음모를 숨길 참이오?

　　　여기 열 명 남짓한 자들이 성찬 맹세를 했고,

　　　서로 서명을 해 놓았소

　　　옥스퍼드에서 왕을 죽이겠다고 말이오.

요크 공작부인 저 애는 안 끼게 될 거예요.

　　　우리가 저 애를 붙잡아 두고 있으면, 그게 저 애한테 무슨

　　상관이겠어요?

요크 꺼져라, 멍청한 여자! 저놈이 스무 곱절 내 아들이라도

　　　난 저놈을 고발할 것이니.

요크 공작부인 당신이 그를 위해

　　　나처럼 산통을 앓았다면 당신은 좀 더 관대하셨겠죠.

　　　하지만 이제 당신 맘을 알겠어요. 당신은 정녕 의심하는 거

　　군요

　　　내가 당신 침대에 정절을 지키지 않았다고,

　　　저 애는 씨다른 애고, 당신 자식이 아니라는 거고.

　　　상냥한 요크, 상냥한 남편, 그런 생각 마세요.

　　　그는 당신을 그럴 수 없이 빼닮은 사내잖아요.

　　　나나 내 친척 누구하고도 안 닮았잖아요,

　　　그렇지만 난 그를 사랑한다구요.

요크 비키시오, 이렇게 말귀를 못 알아들어서야.

　　　　　하인과 함께 퇴장

요크 공작부인 쫓아라, 오멀! 아버님 말을 타.

　　　박차를 가하고, 급히 달려서, 아버님보다 먼저 왕을 뵙고,

그가 널 고발하기 전에 용서를 구해야 한다.
나도 곧 따라가마—비록 내가 늙었지만,
네 아버님만큼 빨리 달리는 건 문제 없지—
그리고 난 땅바닥에 엎드려 결코 일어나지 않을 테다
볼링브루크가 너를 용서한 후가 아니면. 가라, 어서 떠나!

　　따로따로 퇴장

5막 3장

윈저 성

헨리 왕으로 등극한 볼링브루크, 해리 퍼시 및 다른 귀족들과 함께 등장

헨리 왕 내 방탕한 아들놈 소식 좀 전해 줄 분 없소?
　　　마지막으로 그를 보고 꽉 찬 석 달이 지났는데.
　　　짐을 짓누르는 화근거리가 하나 있다면, 바로 그 아이오.
　　　하나님께 바라건대, 경들, 그를 찾았으면 좋겠소.
　　　런던 여인숙 거리를 탐문해 보시오,
　　　그곳에, 사람들 말이, 그가 매일 들락거린다니까,
　　　고삐 풀린 너절한 동패들과 어울려서 말이오―
　　　심지어 그중에는, 사람들 말이, 좁은 뒷골목에서
　　　경관을 때려눕히고 행인의 주머니를 터는 놈도 있다던데―
　　　그자를 그 아이, 젊고 방종하고 쾌락을 좇는 소년이,
　　　거의 명예로까지 생각하면서 편든다지 뭐요,
　　　그런 타락한 종자를 말이오.
해리 퍼시 폐하, 한 이틀 전인가, 제가 세자님을 뵈옵고,
　　　옥스퍼드에서 열릴 개선 축제 말씀을 드렸습니다.
헨리 왕 그랬더니 그 오입쟁이가 뭐라던가?
해리 퍼시 사창가로 가시겠다는 대답이었고,

가장 못생긴 여자 장갑을 빼내어,

그것을 귀부인 은총의 표시로 투구에 꽂고, 그런 차림으로

가장 활기찬 도전자를 낙마시키겠다 하시면서요.

헨리 왕 방탕한데다 무모하기까지 하니. 하지만 두 기질 모두

더 나은 희망의 불꽃을 보여 주는 바도 있군, 좀 더 나이 들어

운이 좋다면 실현될 수도 있는.

〔오멀 공작이, 허둥대며 등장〕

근데 저것이 누군가?

오멀 왕께서는 어디 계시오?

헨리 왕 사촌은 어인 일로 눈빛과 표정이 그리 황망한가?

오멀 〔무릎을 꿇으며〕 하나님께서 폐하를 굽어살피시기를! 폐하께

청이 있나이다

폐하 한 분께만 잠시 말씀을 올릴 수 있게 해 주소서.

헨리 왕 〔대신들에게〕 모두 물러가시고, 우리 둘만 여기 있게 해 주

오.

〔헨리 왕과 오멀만 남고 모두 퇴장〕

자 무슨 일이신가 우리 사촌께서?

오멀 영원히 제 무릎은 땅에 붙박히고,

제 혀는 입천장에 달라붙을 것이옵니다,

제가 몸을 일으켜 말하기 전에 용서해 주시지 않는다면.

헨리 왕 계획 중인가 아니면 저질러졌는가, 이 잘못이?

전자라면, 아무리 가증스러운 잘못이라도,

너의 차후 사랑을 얻기 위해 너를 용서해 주마.

오멀 〔몸을 일으키며〕 그렇다면 열쇠를 돌리도록 허락해 주십시오,

제 이야기를 마친 때까지 아무도 듣지 못하도록 말입니다.

헨리 왕 하고 싶은 대로.

　　　　오멀이 문을 잠근다.
　　　　요크 공작이 문을 두드리며 외친다.

요크 〔안에서〕 폐하, 조심하소서! 옥체를 돌보소서!
　　거기 폐하 계신 곳에 반역자가 있습니다.

　　　　헨리 왕이 칼을 뽑는다.

헨리 왕 〔오멀에게〕 이놈, 널 죽여 위험을 없앨 테다.
오멀 복수심 가득한 그 손을 거둬 주소서! 폐하께서는 위험을 느
　　낄 이유가 없으십니다.
요크 〔안에서 문을 두드리며〕 문을 여시오, 무모하고 너무 자신만만
　　한 왕이시여!
　　제가 사랑 때문에 폐하를 면전에서 비난케 하시렵니까?
　　문을 열어 주소서, 아니면 부수고 들어가리다.

　　　　헨리 왕이 문을 연다. 요크 공작 등장

헨리 왕 무슨 일입니까, 삼촌? 말씀하세요,
　　숨 좀 돌리시고, 말해 보세요 얼마나 긴박한 위험인지,
　　그래야 우리가 대적할 채비를 하죠.
요크 여기 이 문서를 읽어 보세요, 그러면 폐하께서 아실 겁니다
　　반역을, 저는 너무 숨이 가빠 못 아뢰겠지만요.

　　　　그가 헨리 왕에게 문서를 건넨다.

오멀 상기해 주십시오, 폐하께서 그것을 읽으시는 동안, 앞서 하

신 약속을.

저는 정말 뉘우치고 있습니다. 거기 적힌 제 이름은 읽지 말아 주십시오.

제 마음은 그 서명과 동맹 관계가 아닙니다.

요크 동맹 관계였지, 이놈, 그래서 네 손이 서명을 했던 것이고.

제가 그 문서를 저 반역자의 가슴에서 잡아챘습니다, 왕이시여.

두려움이, 사랑이 아니라, 그의 회개를 낳은 겁니다.

그에 대한 자비심 자체를 잊으소서, 그 자비심이

뱀으로 드러나 폐하 심장에 독이빨을 꽂을까 저어되나이다.

헨리 왕 오, 가증스러운, 강력한, 그리고 대담한 음모로다!

오 반역자 아들의 충성스런 아버지로고!

그대 깨끗하고, 흠 없고, 그리고 은빛인 샘이여,

그대에게서 흘러나온 이 시내가 흙탕을 지나다

흐름을 멈추고 고여서 썩었소,

그대의 넘치는 선이 악으로 변했으나,

그대의 풍부한 선행을 보아 용서할 것이오

탈선한 그대 아들의 이 치명적인 얼룩을.

요크 그렇게 되면 저의 미덕이 그의 악덕의 뚜쟁이가 되는 것이고,

그가 저의 명예를 그의 치욕으로 낭비하게 되는 것입니다,

방탕한 아들이 아껴 모은 아버지의 황금을 낭비하듯.

그의 불명예가 죽어야 저의 명예가 살거나,

아니면 그의 불명예 속에 저의 치욕스런 목숨이 놓여 있거나 둘 중 하나입니다.

그를 살리면 폐하께서 절 죽이시는 겁니다. 그에게 숨을 허
락하시면

반역자는 살고, 진실한 사람이 죽임을 당하는 거죠.

요크 공작부인 〔안에서〕 이보오, 폐하, 제발 절 좀 들여보내 주세요!

헨리 왕 웬 새된 목소리 탄원자가 저리 죽어라 고함을 지르는가?

요크 공작부인 〔안에서〕 여자입니다, 폐하의 숙모고요, 위대한 왕이
시여. 저예요.

제 말 좀 들어 주세요, 절 불쌍히 여기세요! 문을 열어 주세
요!

한 번도 구걸한 적 없는 거지의 간청입니다.

헨리 왕 우리의 장면은 심각한 내용에서 바뀌어

이제 변하는군, "거지와 왕"으로.

나의 위험천만 사촌, 어머니를 들어오시게 하라.

사촌의 더러운 죄를 빌러 오셨겠구나.

　　　　오멀이 문을 연다. 요크 공작부인 등장

요크 폐하께서 용서하시면, 누가 빌던 상관없이,

이 용서로 인해 더 많은 죄악들이 활개 칠 수 있나이다.

이 오염된 사지를 절단 내시면, 나머지는 계속 건전할 것이
오.

이것을 그냥 두면 나머지 모두가 망가집니다.

요크 공작부인 〔무릎을 꿇으며〕 오 왕이시여, 믿지 마소서, 이 매정한
사람을.

자신의 혈육을 사랑하지 않는 사람이, 다른 이를 사랑할 리
없습니다.

요크 이 미친 여편네 같으니, 여기서 뭘 하는 게요?

　　당신의 그 늙은 가슴으로 다시 한 번 반역자를 키우겠다는
게야?

요크 공작부인 상냥한 요크, 좀 참으세요.—제 말 들어 주소서, 착
하신 폐하.

헨리 왕 일어나세요, 착하신 숙모.

요크 공작부인 아직은 안 됩니다, 제가 폐하께 간청드려요.

　　영원히 저는 무릎 꿇고 있을 것이고,

　　행복한 이들이 보는 날을 결코 보지 않을 겁니다,

　　폐하께서 제게 기쁨을 주시기 전까지는, 폐하께서 제게 기
쁨을 명하시며

　　러틀랜드, 어긋나간 제 아들을 용서하시기 전까지는.

오멀 〔무릎을 꿇으며〕 어머님의 기도를 떠받치며 제가 제 무릎을 굽
히나이다.

요크 〔무릎을 꿇으며〕 두 사람 모두에 반대하며 나의 진실한 관절을
굽히나이다.

　　아주 작은 은혜를 베푸시더라도 폐하는 어려운 시절을 맞으
시리다.

요크 공작부인 그의 탄원이 진심 같아요? 저 얼굴을 좀 보세요.

　　그의 눈이 눈물을 흘리지 않고, 그의 기도는 시늉뿐이잖아
요.

　　그의 말은 입에서 나오는 거예요, 우리 말은 가슴에서 우러
나오는 것이고요.

　　그는 그냥 괜히 기도를 하고, 내심 거절당하기를 바라는 거
죠,

우리 기도는 가슴과 영혼, 그리고 그 밖의 모든 것을 다 바치며 하는 거예요.

그의 지친 관절은 어서 일어나고 싶을 거예요. 내가 잘 알죠.

우리 무릎은 땅이 될 때까지 꿇고 있을 무릎입니다.

그의 기도는 거짓된 위선으로 가득 차 있죠.

우리 기도는 진정한 열의와 깊은 성실성으로 가득 차 있고요.

우리의 기도가 참으로 그의 기도를 능가하는 것입니다. 그렇다면 내려 주시오

진정한 기도가 받아야 할 자비를.

헨리 왕 착하신 숙모, 일어나시라니까요.

요크 공작부인 아니, '일어나라' 마옵소서.

먼저 '용서한다' 하옵소서, 그리고 난 후 '일어나라' 하옵소서.

제가 폐하의 유모로서, 폐하께 말을 가르쳐야 한다면,

'용서한다'가 폐하께서 말씀하실 첫 마디일 것이옵니다.

이제까지 난 그 말을 듣고자 원했던 적이 한 번도 없었소.

'용서한다' 하소서, 왕이시여. 자비가 폐하께 그 발음을 가르치게 하소서.

짧은 단어지만, 오래오래 달콤한 말입니다

'용서한다'보다 왕의 입에 더 어울리는 단어는 없어요.

요크 불어로 말하시죠, 폐하. '파흐돈네즈-므와'.

요크 공작부인 용서한테 용서 파괴법을 가르치시려는 게요?

아, 나의 가혹한 남편, 나의 매정한 주인이로다

단어 자체를 단어와 싸우게 하다니!

'용서한다' 하소서, 우리 모국에서 쓰이는 말로,

띄엄띄엄 하는 프랑스 말은 우리가 못 알아듣습니다.

폐하의 눈빛이 말하기 시작하는군요, 거기에 혀를 얹으세요,

아니면 폐하의 연민 어린 심장에 폐하의 귀를 심으시면,

우리의 탄원과 기도가 그 귀를 꿰뚫고,

자비가 폐하를 움직여 '용서한다'는 말 읊게 하오리다.

헨리 왕 착하신 숙모, 일어나세요.

요크 공작부인 제 청원은 일어나는 것이 아닙니다.

용서가 지금 제가 청원하는 모든 것입니다.

헨리 왕 내가 그를 용서하겠소, 하나님께서 나를 용서할 것이듯.

　　　요크와 오멀이 몸을 일으킨다.

요크 공작부인 오, 무릎 꿇는 자세가 행복하도다!

하지만 전 두려움에 기가 죽습니다. 다시 한 번 말씀해 주소서.

두 번 말하는 용서는 용서를 둘로 나누지 않고,

한 번의 용서를 강하게 만들죠.

헨리 왕 그를 용서하겠소

내 모든 진심을 다하여.

요크 공작부인 〔몸을 일으키며〕 폐하께서는 지상의 신이십니다.

헨리 왕 하지만 짐이 믿었던 매형과 대수도원장에 대해서는,

결탁한 나머지 모두와 함께,

곧바로 파멸이 그들 발뒤꿈치를 끝없이 따라다니게 하리라.

착하신 삼촌, 몇몇 부대를 파견토록 도와주세요,

옥스퍼드로, 혹은 이 반역자들이 있는 곳으로.

그들은 이 세상에서 살지 못하리라, 내가 맹세코,

어디 있는지 알기만 하면 모두 잡아들이겠습니다.

삼촌, 안녕히 가세요, 그리고 사촌, 잘 가게.

사촌 어머니께서 기도를 잘하신 거야, 그러니 충성을 보이

게.

요크 공작부인 가자, 갱생해야 할 내 아들아. 하나님께서 너를 새

사람 만들어 주시기를.

> 헨리 왕이 한쪽 문으로 요크, 요크 공작부인, 그리고 오멀이 다른
> 쪽 문으로 퇴장

5막 4장

원저 성

♔

피어스 엑스턴 경, 그리고 사내들 등장

엑스턴 자네들 왕께서 하신 말씀 살펴 듣지 않았는가?

　　'이 살아 있는 두려움을 내게서 없애 줄 친구가 내게는 없는

가?'

　　그렇게 말씀하시지 않던가?

첫 번째 사내 바로 그 말씀이었습니다.

엑스턴 '내게는 친구가 없는가?' 그러셨다. 두 번이나 그러셨고,

　　두 번이나 외치셨어. 아닌가?

두 번째 사내 그러셨습니다.

엑스턴 그 말씀을 하시면서, 그분이 뚫어져라 날 보셨는데,

　　마치 이러시는 것 같았어 '자네가 바로

　　이 공포를 내 가슴에서 떼어 내 줄 그 사람이면 좋겠구나'.

　　그건 폼프릿의 왕을 뜻하는 거야. 가세, 가자구.

　　난 왕의 친구야, 그러니 그분의 적을 없애야지.

　　　　모두 퇴장

5막 5장

폼프릿 성

♛

리처드, 홀로 등장

리처드 나는 궁리 중이었다. 어떻게 하면 비교할 수 있을지
　　　내가 사는 이 감옥을 세상에다,
　　　그리고 세계는 사람들로 득실대고,
　　　이곳은 나 말고 아무도 없으니,
　　　난 비교할 수가 없었어. 하지만 난 해내고 말 거야.
　　　내 두뇌가 내 영혼을 받아들였으니 여자라 치고,
　　　내 영혼을 아버지라 치면, 이 둘이 낳는 거지
　　　마구 번식하는 생각들의 한 세대를,
　　　그리고 바로 이 생각들이 이 작은 세계의 인구가 되는 거야
　　　기질이 실제 세계 사람들과 같은.
　　　왜냐면 어떤 생각도 만족을 모르거든. 더 나은 류,
　　　이를테면 거룩한 것에 대한 생각이, 뒤섞인다
　　　의심과, 그리고 맞세우지 성경 구절 자체를
　　　성경 구절과, 이를테면 이런식. '오라, 하찮은 것들아',
　　　그러고 나서는 다시,
　　　'그 일은 일어나기가 어려운 것이 마치 낙타가
　　　작은 바늘 눈의 샛문을 빠져나가는 것과 같으니라.'

야망 쪽으로 기우는 다른 생각들, 그것들은 꾸미지

있을 성싶지 않은 기적을, 어떻게 이 헛되고 유약한 손톱으로

통로를 할퀴어 낼 수 없겠는지, 이 단단한 세상의,

나의 감옥 바위벽의 그 냉혹한 갈비뼈 사이로 말이지,

그리고 그럴 수 없으므로, 그것들은 죽어 버린다, 그것들 자신의 오만불손으로.

만족 쪽으로 기우는 생각들은 자기 자신에게 아양을 떤다

자기들이 최초의 운명의 노예는 아니며,

최후의 노예도 아닐 것이라고—마치 저능한 거지들 같은 거지,

그것들은, 차꼬가 채워진 상태에서도, 수치를 피난시키거든

숱한 사람들이 그 꼴을 겪었고, 다른 사람들도 겪어야 할 거라면서,

그리고 이런 생각으로 그것들은 어딘가 마음이 편해진다구,

자기 자신의 불행을 옮겨 놓겠다는 거지

그전에 같은 일을 겪는 자들의 등에다가.

이렇게 난 한 인격으로 많은 사람 노릇을 해보았고,

어느 누구도 만족을 못했다. 어떤 때는 내가 왕이야,

그러면 반역이 날 차라리 거지가 낫겠구나, 생각케 만들고,

난 그렇게 되지. 그러면 압도적인 가난이 나를

설득해요, 왕이었을 때가 더 나았다고.

그러면 내가 다시 왕이 되고, 점차점차

생각하지, 볼링브루크가 날 폐위시켰다고,

그러면 난 그 즉시 아무것도 아냐. 하지만 내가 무엇이든,

나도, 그냥 사람일 뿐인 어느 누구도,
그 어느 것으로도 즐겁지가 않아 급기야 그가
아무것도 아니기 때문에 편안해질 때까지는.
　　　〔음악이 연주된다〕
음악이 들리네.
하, 하, 박자를 맞춰야지! 얼마나 쓰디쓴가 달콤한 음악도
박자가 깨지고 균형이 전혀 유지되지 않으면.
인생이라는 음악도 마찬가지야.
그리고 여기서 난 예민한 귀를 갖고
조율 안 된 현악기의 깨진 박자를 비난하고 있지만,
　내 국가와 시대의 화성에 대해서는
　내 진정한 박자가 깨진 것을 들을 귀가 없었다.
　나는 시간을 낭비했고, 이제 시간이 나를 낭비한다,
　지금은 시간이 나를 숫자 표시 시계로 만들어 버렸으니까.
　나의 생각들은 매 분이다, 그리고 거슬리는 한숨 소리로 그
것들이 부딪쳐 온다
　그것들의 불침번 기간을 내 눈, 시계 표면에
　내 손가락이, 시계바늘처럼,
　눈물을 닦아 내느라 언제나 가리키고 있는 그 마음의 바깥
창에다 말이지.
　이제, 이보라우, 시간을 알리는 소리는
　내 가슴을 때리는 시끄러운 신음이야,
　가슴은 종이란 말이지. 그렇게 한숨, 그리고 눈물, 그리고
신음이
　보여 주는 거야, 몇 분, 몇 시, 그리고 시간을. 하지만 나의

시간은

　빠르게 달려간다, 볼링브루크의 오만한 기쁨 속에서,

　반면 나는 여기서 멍청이 노릇을 하고 있어, 그의 시계 방망

이 신세로.

　이 음악은 날 미치게 하는군. 더 이상 소리를 내지 말라,

　음악이 미친놈 제정신 돌아오게 하는 효과가 있다지만,

　내 경우 거꾸로 멀쩡한 사람을 미치게 하는 것 같구나.

　　　〔음악이 그친다〕

　하지만 내게 음악을 연주해 준 자의 가슴에 축복을,

　왜냐면 그것은 사랑의 표식이고, 리처드에 대한 사랑은

　이 온갖 증오의 세상에서 기묘한 장식품이니까.

　　　마구간 마부 등장

마부　위풍당당하신 군주님 만세!

리처드　고맙군, 고결한 귀족.

　왕 마이너스 알파와 귀족 플러스 알파니 우린 대등한 관계

군.

　자넨 누군가, 그리고 어떻게 여길 왔는가,

　아무도 온 적 없고 다만 슬픈 개가

　내게 불행을 연명시킬 음식을 갖다줄 뿐인 이곳에?

마부　저는 폐하 마구간의 보잘것없는 마부였습니다, 왕이시여,

　폐하께서 왕이시던 시절에. 요크 쪽으로 가던 중,

　천신만고 끝에 겨우 허락을 얻었지요,

　저의 예전 주인 왕 폐하의 얼굴을 뵈올 수 있도록.

　오, 제 가슴이 얼마나 아프던지요 제가

런던 거리에서, 그 대관식 날,

볼링브루크가 그 밤색에 흰색 바바리 말을 탔을 때는요,

폐하께서 그리도 자주 올라타셨던 그 말,

제가 그토록 세심하게 빗질을 해 주었던 그 말 아니겠습니까!

리처드 그가 바바리를 탔어? 말해 주게, 착한 친구,

그를 태우고 그 말이 어떻게 하던가?

마부 너무도 기고만장해서 마치 땅바닥을 경멸하는 듯했습니다.

리처드 볼링브루크가 탔으니 그리 기고만장했겠지.

그놈은 왕인 내가 직접 내 손으로 빵을 먹여 주었건만,

이 손이 그를 토닥거려 기고만장하게 해 주었건만,

그가 발을 헛디디려 하지 않던가, 무너지려 하지 않던가—

오만은 한 번은 무너지는 법이니—그리하여 목을 부러트리려

하지 않던가, 자기 등을 찬탈한 그 오만한 자의 목을?

용서하라, 말이여! 왜 내가 널 꾸짖는단 말이냐,

너는, 인간을 외경하도록 창조되었고,

짐을 지기 위해 태어났는데? 나는 말로 태어나지 않았어,

그렇지만 한 마리 나귀처럼 짐을 지고 있구나,

거칠게 몰아대는 볼링브루크의 박차에 상처투성이로 기진맥진한 채.

간수가 음식을 들고 리처드 쪽으로 등장

간수 〔마부에게〕 이봐, 저리 비켜서. 이제 그만 가야지.

리처드 〔마부에게〕 자네가 날 사랑한다면, 이제 가야 할 시간이야.

마부　제 혀가 감히 못 드린 말씀은, 가슴으로 전한 걸로 해야겠습
　　　니다. 〔퇴장〕

간수　나리, 드시죠?

리처드　먼저 맛을 보아라, 늘 하던 대로.

간수　나리, 감히 그리는 못하옵니다. 엑스턴의 피어스 경이,
　　　왕께서 최근 보내신 분인데, 그리하지 말라 명하셨습니다.

리처드　〔간수를 때리며〕 이런 랭커스터의 헨리와 함께 악마한테 잡
　　　혀갈 놈!
　　　　인내에서 곰팡내가 나고, 참는 것도 지겹다, 이놈.

간수　사람 살려, 도와줘요, 사람 살려요!

　　　　엑스턴과 그의 부하들이 들이닥친다.

리처드　뭐하는 놈들이냐! 이렇게 조잡한 공격으로 죽음이 뭘 어
　　　쩌겠다는 거지?
　　　　　〔그가 한 사내의 무기를 빼앗고, 그를 죽인다〕
　　　　나쁜 놈, 네놈 손이 네놈 죽음의 도구를 내는구나.
　　　　　〔그가 다른 사내도 죽인다〕
　　　　너도 가거라, 그리고 지옥의 또 다른 방을 채워야지.

　　　　이 대목에서 엑스턴이 그를 내리친다.

리처드　그 손은 영원히 꺼지지 않는 불 속에서 탈 것이다,
　　　　이렇게 이 몸을 비틀거리게 했으니 말이다. 엑스턴, 너의 흉
　　　포한 손이
　　　　왕의 피로 왕 자신의 영토를 더럽혔도다.
　　　　오르라, 오르라, 나의 영혼이여, 너의 자리는 저 위 높은 곳,

그러는 동안 지긋지긋한 나의 육체는 가라앉는구나 아래로,
여기서 죽기 위하여.

그가 죽는다.

엑스턴 왕의 피로 넘치는 만큼 용기도 넘치는 분이었구나.
두 가지 다 내가 쪼개 버렸어. 오, 이것이 잘한 행동이었으
면!
왜냐면 잘하는 거라고 날 부추겼던 그 악마가 지금은
이 행동이 지옥 연감에 기록된다고 말하는구나.
이 죽은 왕을 살아 있는 왕한테로 가져가야겠다.
나머지는 내다가, 근처에 묻어 주거라.

리처드의 시체를 든 엑스턴이 한쪽 문으로, 그리고 다른 시체들을
든 그의 부하들이 다른 쪽 문으로 퇴장

5막 6장

윈저 성

화려한 취주. 헨리 왕이 요크 공작, 다른 대신들 및 시종들과 함께
등장

헨리 왕 마음씨 고우신 요크 삼촌, 우리가 들은 최근 소식은

반도들이 불을 질러

글로스터의 우리 읍 사이렌스터를 태워 버렸다는 겁니다.

하지만 그들을 사로잡았다거나 죽였다는 얘기는 없었습니다.

〔노섬벌랜드 백작 등장〕

어서 오시오, 경. 소식은?

노섬벌랜드 우선, 폐하의 신성한 국가에 온갖 행복을 기원합니다.

다음 소식은, 제가 런던으로 보냈습니다,

솔즈베리, 스펜서, 블런트, 그리고 켄트의 머리를.

그들을 사로잡게 된 경위는

여기 이 서류에 상세히 적혀 있을 겁니다.

그가 서류를 헨리 왕에게 준다.

헨리 왕 짐은 그대에게 감사를 표하노라, 친절한 퍼시, 그대의 노
고에 대해,

그리고 그대의 가치에 더해질 것이오, 정당하고 마땅한 보
상이.

피츠월터 경 등장

피츠월터 폐하, 제가 옥스퍼드에서 런던으로
　　　브로카스와 베넷 실리의 머리를 보냈사온데,
　　　이들은 옥스퍼드에서 폐하를 끔찍하게 타도하려던
　　　위험한 동맹 반역자들이옵니다.
헨리 왕 그대의 노고를, 피츠월터, 잊지 않을 것이오.
　　　정말 고결하오, 그대의 공적은, 내가 잘 알고 있소.

해리 퍼시, 호위 감시를 받는 칼라일 주교와 함께 등장

해리 퍼시 대역죄인 웨스트민스터 대수도원장은,
　　　양심의 가책과 까다로운 우울의 짐을 지고,
　　　자신의 몸을 무덤에 내맡겼습니다.
　　　하지만 칼라일은 이렇게 살아서,
　　　그의 오만에 대한 폐하의 심판과 언도를 기다리고 있습니
다.
헨리 왕 칼라일, 이것이 당신에 대한 나의 언도요.
　　　고르시오, 어떤 은밀한 장소, 어떤 경건한
　　　지금 당신 거처보다 더 경건한 방을, 그리고 그곳에서 당신
삶을 누리시오.
　　　조용히 산다면, 분쟁에 휘말리지 않고 여생을 마칠 수 있을
거요.
　　　비록 당신이 늘 나의 적이었으나,

드높은 명예의 불꽃을 내가 그대에게서 보았나니.

관을 나르는 부하들과 함께 엑스턴 등장

엑스턴 위대한 왕이시여, 이 관에 넣어 제가 바치나이다.
　　　폐하의 매장된 두려움을. 이 안에 일체의 숨을 거두고
　　　폐하의 가장 거대한 적들 중 가장 강력한 자,
　　　보르도의 리처드가 누워 있고, 제가 이리로 날라 왔습니다.
헨리 왕 엑스턴, 난 그대에게 감사하지 않겠다, 왜냐면 그대는 저
　　　질렀어
　　　불명예스런 짓을, 그대의 치명적인 손으로
　　　내 머리와 이 저명한 땅 전체에다.
엑스턴 폐하 자신의 구두 지시를 받고 저는, 폐하, 이 일을 감행한
　　　것입니다.
헨리 왕 독약이 필요한 것이지 독약을 사랑하는 것은 아닌 것,
　　　내가 그대를 좋아하지 않는 것도 마찬가지다. 내 비록 그가
　　　죽기를 바랐지만,
　　　난 살인자를 증오하고, 살해된 그를 사랑한다.
　　　양심의 가책을 그대에게 주노라, 그대의 노고에 대해,
　　　그러나 나의 칭찬도 군주의 은혜도 주지 않겠노라.
　　　카인과 함께 밤의 그림자 속을 떠돌고,
　　　낮이든 밤이든 네 머리를 보이지 말거라.

[엑스턴과 그의 부하들 퇴장]

　　　경들, 천명컨대 내 영혼은 비탄으로 가득 차 있소
　　　내가 피를 맞으며 자라나야 하니 말이오.
　　　가서 함께 애도합시다, 내가 참으로 통탄하는 것을,

그리고 즉시 검은 상복 차림을 하시오.

나는 성지로 가서,

죄지은 내 손의 피를 씻어 내리다.

슬픈 행렬로 뒤를 따르라. 이 자리에서 이 때아닌 관을 울며 따르는

호의를 나의 애도에 베풀어 주시오.

관과 함께 모두 퇴장

1. 잉글랜드 민족 사극들 : 가장 아름다운 예술작품으로서의 역사

고대 그리스 에스킬로스, 소포클레스, 에우리피데스 '비극'의 '소재'는, 최소한 당대인들에게는, '신화'라기보다 아주 먼 옛날의, 그러나 엄연한 역사였는지 모른다. 위대한 그리스 고전 비극들은, 고대 그리스인들에게, 우리들 개념의 '사극'에 더 가까웠는지 모른다. 더 과감하게 말하자면, 그리스 고전 비극이 여전히 위대한 것은, 역사를 당대적 시각에서 다룬 결과로 그것이 갖추게 된 보편성 때문인지 모른다.

셰익스피어의 문학적 감수성으로 보아, 그런 사정은 셰익스피어도 마찬가지였을지 모른다. 즉, 잉글랜드 역사를 다룬 그의 소위 '사극들'은 그에게 민족사극일 뿐 아니라 시사극이었을지 모른다. 그의 마지막 사극《헨리 8세》의 주인공은 바로 엘리자베스 1세 여왕의 생모를 죽인 엘리자베스 1세 여왕의 아버지였다. 그의 생애 첫 창작 작품은《헨리 6세 2부》,《헨리 8세》가 마지막 작품이니(확신할 수 없으나, 합작설이 나올 정도니 아마 마지막이 맞을 것이다) 그는 평생 동안 '시사=역사'의 틀 자체를 연극-예술화하는 입장이었을지 모르고, 그 입장을 '신세'로 생각했을지 모르고, 그 사극 생애의 '핵심=일상'을 비극의 절정으로 응축하는 동시에 희극의 절정으로 해방시켰던 그의 '정신=예술' 속은 우리 생각보다 훨씬 더 역동적이고 다채로운 것이었을지 모른다.

그러나 역사 현장과 전쟁과 폴스타프가 부딪쳐 작렬하는《헨리 4

세 1부》와《헨리 4세 2부》만 보더라도, 그의 사극들 또한 틀 자체의 연극-예술화 너머 가장 아름다운 예술 작품으로서 역사에 달하는 과정이었고 갈수록 그 결과였다. 셰익스피어 민족사극들은 전에는 물론 그 후에도 비슷한 사례가 없다. 중세 도덕 막간극이 1547년 무렵 베일의《존 왕》을 거쳐 생성된 장르가 사극이라고는 하나, 그《존 왕》은 주인공 말고 다른 등장인물들이 모두 아예 추상들이고 역사는 교훈을 위한 수단일 뿐이고, 1588년 무렵《존의 골칫거리 통치》에서 추상들이 실제 등장인물들한테 자리를 내주지만, 교훈주의는 여전하다.

자신의 자료를 교훈가나 연대기 작성자가 아닌 극작가로서 다루어 실제 역사를 극화하는 사극 작가는 셰익스피어가 처음이고, (엘리자베스 1세 여왕) 시대 혹은 당대의 공통된 가치와 이상, 그리고 역사관과 세계관으로 거대한 총체를 이루는 그의 위대한 사극 연작에 비견될 만한 것은 다른 어느 나라 문학에도 없다. 그의 사극들이 잉글랜드 역사에 빚진 것이 많은 바로 그만큼, 잉글랜드 역사는 그의 사극들에 빚을 지게 된다.

셰익스피어가 엘리자베스 1세 여왕 시대에 잉글랜드 역사를 만난 것이 문학사상 손꼽히는 행운이라면, 잉글랜드 역사가 셰익스피어를 만난 것은 역사상 손꼽히는 행운이다. 셰익스피어 사극들로 하여 잉글랜드 역사는 세계 어느 나라 역사보다 더 행복한 예술에 달한다. 동시에, 셰익스피어 사극들은, 문학이므로, 셰익스피어 시대를 반영하는 정도를 넘어 셰익스피어 시대의 산물이다. 셰익스피어 사극들 또한, 에스킬로스의 오레스테스 3부작, 소포클레스의 외디푸스 3부작 못지않게, 가족-혈연사고 복수극이지만 그들과 셰익스피어 사이 2천 년이 존 왕과 셰익스피어 사이

3~4백 년으로 응집–심화하면서 '역사–사회–정치적'을 당대–예술화하고, 순식간에 순수문학과 참여문학의 구분이 무의미해지고, 갈수록 민족'주의'가 민족'극예술'로 극복되고, 때때로 혹은 수시로, 중세 기괴가 곧장 현대 기괴로 이어지기도 한다.

셰익스피어 사극들에서는 왕권 강화가 근대화의 다른 이름이다. 역시 사극은 사극이고, 지나간 역사는 지나간 역사였을까? 어쨌거나, 셰익스피어 사극들에는 실제 역사적 사실과 다른 부분이 간간히 눈에 띄는데, 우리가 역사를 인식하고 역사의 대강을 파악하는 데 방해가 될 정도는 아니고, '드라마'를 위해 불가피한 변형이며, 그 강력한 드라마로 하여, 우리의 균형 잡힌 역사 인식에 오히려 더 도움이 된다고 할 수도 있겠다. 드라마가 역사와 똑같기를 바라는 것도 일종의 완고일 테니.

《심벨린》은 보통 비극으로 분류되고, 흔히 셰익스피어의 마지막 비극으로 불리지만, 심벨린은 로마제국 시대 브리튼 왕이고, 《심벨린》은 존 왕부터 헨리 8세 시대까지를 끊기지 않고 담아내는 셰익스피어 잉글랜드 사극들보다 한참 더 앞선 시대에 '동떨어져' 있지만 역사는 전설의, 꿈같은 이야기로 시작되고 사극도 그렇게 시작하는 게 순리다. 그렇다면 그보다 더 앞선 전설 시대 이야기인 《리어왕》은? 시대에 관계없이, 사극들의 프롤로그 역을 맡기에는 너무나 강력하고 걸출한 비극이다.

《심벨린》 2막 3장 '아침의 노래'는 슈베르트가 곡을 붙인 명곡이 전해 오고, 4막 2장 '만가'는 버지니아 울프 소설 《댈러웨이 부인》 주인공 의식의 흐름의 기조를 이룬다.

첫 노래는, 노래가 끝나자마자 웬 막돼먹은 소리?《심벨린》은 처음부터, 끝나기 직전까지 불안하고, 불안이 불길하다.

브리튼 왕 심벨린의 딸 이너젠이 남모르게 포스튜머스와 결혼하고, 이너젠을 자신의 아들 클로텐과 결혼시키려는 계모 왕비가 그 사실을 일러바치고, 포스튜머스가 추방되는데, 그가 이탈리아에서 아내의 정절을 두고 쟈코모와 내기를 걸고 이길 것을 호언장담 하지만 브리튼으로 건너온 쟈코모가 술수를 부려 이너젠이 잠든 침실에 잠입, 이런저런 가짜 증거를 훔쳐 오고 침실 및 그녀 몸 특징을 설명하니 그걸 철석같이 믿은 포스튜머스는 이너젠에게 자신을 만나러 밀포드 항구로 오라는 편지를 쓰면서 그의 하인 피사니오에게는 오는 도중 그녀를 죽이라고 명한다. 그러나 피사니오는 그녀더러 남장을 하고, 브리튼을 침략 중인 로마 장군 루치우스한테로 가라고 설득하고, 그녀는 오래전 아버지가 추방했던 대신 벨라리어스, 그리고 쫓겨날 당시 벨라리어스가 훔쳐 와 산 동굴에서 키운 두 형제, 즉 그녀의 두 오빠 귀더리어스와 아비레이거스를 만나고, 겁탈을 해서라도 이너젠을 제 것으로 만들려고 그녀를 추적하던 클로텐은 두 형제에게 죽임을 당한다. 몸이 아파 먹은 약이 이너젠을 죽은 듯한 상태에 빠뜨리고 클로텐 시체 곁에 눕혀졌다 깨어나 머리 없는 클로텐 시체를 복장 때문에 포스튜머스 것으로 착각한 이너젠은 루치우스한테로 가고 이어지는 전투에서는 벨라리어스, 귀더리어스와 아비레이거스, 그리고 이탈리아에서 돌아온 포스튜머스의 활약에 크게 힘입어 브리튼인이 대승을 거둔다. 자초지종이 알려지고 온갖 화해와 용서가 이뤄지고, 심벨린은 브리튼과 로마 사이 평화를 위해 로마

황제 아우구스투스에게 조공을 바치겠다 약속하고 모두를 잔치에 초대한다.

'아침노래'는 그 아름다움에 이어지는 클로텐의 막돼먹은 소리가 딱히 음악가 탓은 아니므로 그렇다 치고, 막돼먹은, 그래서 자기들이 죽인, 모가지가 없는 클로텐 시체 옆에 이너젠을 누이며 부르는 아름다운 '만가'라니. 얼핏 《심벨린》은, 마치 《리어 왕》을 해피엔딩 스토리로 바꾸려 어설프게 뜯어 맞추고 땜질한 듯, 어설프고 황당하다. 이탈리아-프랑스-스페인인 혐오가 너무 노골적이다. 그들 대사는 모두 산문이고 이탈리아인들은 모두 악당들이고, 심지어 포스튜머스의 친구 필라리오조차 방관적이지만 그 전에 포스튜머스 대사도 산문이고, 정말 황당한 내기지만, 내기 성립 직후(1막 4장 마지막) 그가 쟈코모와 함께 퇴장하는 것은, 무슨 라스베이거스도 아니고, 정말 드물게 황당하다. 이너젠은 동음이의어 사용의 뉘앙스가, '은연중 뉘앙스'보다 조금 더 강하게, 사태에 대한 책임이 있고, 그래서 알게 모르게, 그녀가 포스튜머스-클로텐 육체 혹은 시체를 혼동할 때 우리는 '오죽하겠어' 느낌에 아주 약간 가닿게 되고, 포스튜머스가 아직도 이너젠을 못 알아보고 때리는 장면은 그 '황당=오죽'의 극치고, '기계에서 나온 신' 개념은 이 모든 것의 연극(용어)적 측면이고, 그렇다 하더라도 클로텐이, 그리고 계모 왕비가 너무 싱겁게 죽는다. 등장인물 아닌 작가 자신이, 뭔가 지쳤다는 느낌이랄까.
하지만, 《심벨린》에는 《리어 왕》뿐 아니라 《폭풍우》 연관도 있고, 그 둘이 적절하게 부딪치거나 결합, 불행과 시련 속에서도 미리 안심하는, 섭리가 편안한 경지랄까 하는 것을 언뜻 발할 때가 있고, 그때 이너젠을 '최고의 이상적인 여성'으로 보았던, 적지 않은 사람들의 말에 고개가 끄덕여지는 대목이 있다. 하여, 5막 5장 교수형 집행을 앞둔 포스튜머스와 옥리가 펼치는 죽음 대 웃음은 《맥베스》에서보다 덜 비극적이고, 산문적이지만, 그 산문 효과가 '만년작'적이다. 1925년 현대 의상의 《햄릿》이 커다란 영향을 끼치기 2년 전에 같은 방식의 《심벨린》 공연이 있었다는 것은 시사하는 바가 적지 않다 할 것이다.

《심벨린》을 가장, 셰익스피어의 다른 어떤 작품보다 더 가혹하게 평가한 것은 버나드 쇼다. 이미 1896년 이너젠 역을 준비 중이던 엘런 테리에게 《심벨린》이 터무니없는 작품이라고 투덜거리더니 급기야 1937년 그는 이 작품의 마지막 막의 결점들을 겨냥한 희곡 《결말을 바꾼 심벨린》을 발표하기에 이른다. 그리고 다행히, '만가' 첫 두 행은 댈러웨이 부인에게 제1차 세계대전의 악몽을 떠올리는 슬픈 만가이자 위엄을 잃지 않는 심오한 인내의 선언으로 거듭난다. 마지막 두 행은 T. S. 엘리엇 시 《요크셔 테리어에게》에서 거의 차용되고 있다. 스티븐 존다임이 아리스토파네스 《개구리들》을 마구잡이로 차용한 동명 뮤지컬에서는 셰익스피어와 버나드 쇼가 최고의 극작가 타이틀을 거머쥐고 되살아나 세상을 더 낫게 할 것이냐를 놓고 경쟁하는데, 죽음에 대한 자신의 견해를 묻자 셰익스피어는 위 만가를 부르는 걸로 답을 대신한다.

《존 왕》은 크게 ('사자심장왕') 리처드 1세 사후 그 둘째 동생인 존 왕과 그 첫째 동생 아들인 '아서 플랜타저넷' 사이 왕위 계승권(상속)을 둘러싼 합법 및 비합법 투쟁, 거래와 정략이 그 줄거리 골간이다. 《리어 왕》에 비해 문학성은 크게 떨어지면서도, 분명 더 높은 사회구성체가 들어서 있고, 왕권과 귀족 사이 경제적 권력 투쟁에서 귀족이 승리한 결과인 마그나 카르타가, 보이지 않거나 아주 희미하게 언급될 뿐이지만, 엄연히 들어서 있다. (사실, 마그나 카르타가 정치-사회적으로 중요해지는 것은 셰익스피어 사후다.) 입성 문제를 놓고 싸우는 것도, 결국 피비릴 것이지만, 우선은 무슨 거래를 방불케 한다.

조카 아서의 잉글랜드 왕위 계승을 지지하는 프랑스 왕 필립과 오스트리아 공작 연합 세력의 사실상 선전포고를 통보 받은 존 왕은 어머니 일리노어, 그리고 리처드 1세의 사생아 필립과 함께 프랑스를 침공했다가 존의 조카딸 블랑슈와 프랑스 왕세자의 결혼으로 평화가 다시 찾아오지만 교황 사절 팬돌프 추기경이 존 같은 골수 이단자와 평화 협정을 맺으면 파문을 시키겠다고 위협하니 프랑스 왕은 존을 배신하고, 이어진 전투에서 잉글랜드가 승리, 사생아 필립이 오스트리아 공작을 죽이고, 아서는 사로잡혀 잉글랜드로 송환되어 살해당할 위협에 처하고, 아서의 어머니 콘스탄스는 슬픔을 못 이긴 광기에 몸부림치다 죽고, 존 왕의 사주를 받은 수행원 휴버트는 차마 아서의 몸에 손을 대지 못했으나, 아서가 달아나려다 죽음을 맞게 되고, 존 왕이 죽었다고 생각한 솔즈베리 등 많은 귀족들이, 잉글랜드를 침공 중인 프랑스 왕세자 쪽에 합류하고, 존 왕은 현시국 통제권을 사생아 필립에게 넘긴 뒤 수도원으로 물러났다 독살당하고, 프랑스 왕세자의 기만술을 눈치 챈 잉글랜드 귀족들이 속속 다시 충성을 맹세하고, 새로 등극한 존 왕의 아들 헨리 3세를 중심으로 똘똘 뭉친 잉글랜드 앞에 프랑스군이 퇴각하며 막이 내린다.

'사생아' 필립 팰컨브리지는 실제 역사에서 아주 희미하게 언급될 뿐이지만, 셰익스피어는《존 왕》에서 그를 주저 없이 플랜타저넷가 정통이자 제2의 비조로 세워 자신의 사극들을 사실상 '출발'시키며, 이것은 문학적으로 매우 적절한 출발이고, 이것 말고도《존 왕》은 실제 역사, 혹은 역사서와 어긋나는 내용들이 꽤 있지만 대부분 그 적절함이 야기시켰거나 적절함 속으로 흡수되는 것들이다.

화려장관 볼거리를 관객들이 좋아했던 빅토리아 여왕 시대에는 가장 자주 공연되는 셰익스피어 작품 중 하나였으나 20세기 들면《존 왕》은 1915년 이후 브로드웨이 공연이 단 한 번도 없고, 1953~2010년 스트렛포드 셰익스피어 축제 공연이 단 4회에 불과한 신세로 전락하지만, 1945년 피터 브룩이 연출한 공연은 그 의미가 적지 않다.

《리처드 2세》를 온통 수놓는 시는 봉건성을 벗는 부르조아적 아름다움의 탄생 과정이라 해도 과언이 아니고, 특히 5막 5장(폼프릿 성 감옥) 전반부 리처드의, 연주되다 그치는 음악과 어우러진, 자신의 소란스런 죽음 직전 독백은 셰익스피어 전 작품을 통틀어 몇 안 되는 압권 중 하나다.

헨리 3세의 세 아들 모두 왕에 오르니, 에드워드 1세(치세 1272~1307), 에드워드 2세(치세 1307~27), 에드워드 3세(치세 13

27~77)가 그들이고 에드워드 3세는 아들 일곱을 두게 되는데, 첫아들 웨일즈 공 에드워드(1330~1376)가 죽자 그의 아들, 즉 에드워드 3세의 장손이 리처드 2세에 오르고 《리처드 2세》 줄거리는 학정으로 치닫던 그가 에드워드 3세의 넷째 아들인 랭커스터 공작 아들, 즉 사촌 헨리 볼링브루크, 훗날의 헨리 4세에게 밀려나는 잉글랜드 역사의 한 대목이며, 그렇기 때문에 《리처드 2세》, 《헨리 4세 1부》, 《헨리 4세 2부》, 그리고 《헨리 5세》를 4부작으로 보아, '헨리 이야기'라는 뜻의 '헨리아드'라 부르기도 한다.

볼링브루크가 리처드의 삼촌 글로스터 공작 암살 죄로 노포크 공작 토머스 모브레이를 고발하자 모브레이가 볼링브루크를 '가장 위험한 반역자'로 맞고소, 리처드는 두 사람의 결투로 자신의 결백을 입증하라 했다가 마지막 순간 모브레이를 영구히, 그리고 볼링브루크를 10년 동안 잉글랜드에서 추방하라 명하고, 아일랜드 원정 경비를 감당해야 했던 그가 사망한 고온트의 재산, 의당 볼링브루크에게 상속되어야 할 그것을 자신의 삼촌 요크 공작, 그리고 노섬벌랜드 백작의 격렬한 반대에도 불구하고 몰수하니, 후자는 자신의 재산을 되찾겠다는 명분으로 권토중래를 도모하는 볼링브루크 쪽에 합류하고, 리처드는 아일랜드 원정을 떠나고 볼링브루크는 요크셔에 상륙, 노섬벌랜드와 함께 버클리 성으로 진격하고 거기에 리처드의 섭정으로 남겨졌던 요크 공작도 어쩔 수 없이 그들을 받아들이고, 웨일즈에 상륙했으나 기대했던 웨일즈 병력이 뿔뿔이 흩어졌거나 자신의 추종자 그린과 부시를 처형하고 높은 인기를 누리는 볼링브루크 쪽에 가담했다는 것을 알게 된 리처드는 요크 공작 아들 오멀을 데리고 플린트 성으로 피신했다가 거기서 볼링브루크에게 사로잡히고, 볼링브루크는 오로지 자기 재산을 찾으려는 것뿐이라고 강변하지만 볼링브루크 앞에 불려 나온 리처드의 남은 추종자 베이갓이 오멀을 글로스터 공작 살해범으로 지목하고, 볼링브루크가 모브레이 사면령을 내려 오멀과 대질시키려 하지만 모브레이는 베니스에서 이미 죽은 터였고, 불려 나온 리처드가 볼링브루크에게 왕위를 양도하고, 칼라일 주교가 불가함을 주장하다가 노섬벌랜드에게 체포되고, 리처드가 런던탑으로 호송되고, 칼라일 주교와 오멀은 볼링브루크 제거를 도모하고, 리처드는 런던탑 아닌 폼프릿 성으로 가던 도중 왕비와 작별하고, 왕비는 프랑스로 떠나고, 오멀의 음모를 발견한 요크가 서둘러 그것을 알리러 볼링브루크에게 가지만, 그 전에 오멀이 먼저 도착하여 이실직고하며 용서를 구하고, 요크 부인의 간청에 따라 볼링브루크, 헨리 4세가 용서를 하고, 볼링브루크의 명에 따라 리처드는 엑스턴의 피어스 경에게 살해된다.

3막 4장 왕비와 정원사가 나누는 대화는 뛰어난 서정성과 식물의 비유로 리처드 폐위를 예견시키는, 걸작 막간극이다. 마지막 폐위 장면은 엘리자베스 시대에 워낙 민감한 대목이라 검열에 걸렸고, 제임스 1세 왕의 왕권이 안정되고 나서야 비로소 연기 및 인쇄가 가능했고, 에섹스 지지자들의 요청으로 그의 모반 하루 전인 1601년 2월 7일 무대에 올려진, 폐위 장면이 포함된 공연은 말 그대로 역사적인 공연이 되었다.

《헨리 4세》는 '어제의 동지, 오늘의 적'과 치르는 전쟁을 다루는 잉글랜드 사극임이 분명하지만, 동시에, 《1부》는 폴스타프라는 인물을 탄생시키는, 전쟁, 더군다나 내전을 배경으로 더욱 혹심한 희극 걸작이기도 하다. 주인공은 헨리 4세가 아니라 그의 왕세자 해리와 폴스타프 및 그 패거리들이며, 전쟁, 더군다나 내전을 배경으로 더욱, 산문과 운문의, 그리고 산문끼리 쟁패가 파란만장하다. 해리 왕세자는 폴스타프를 날카롭고 효과 있게 공략하지만, 그리고 내용에서 압도적 우위에 있지만 폴스타프는 논리를 넘어서는 희극성의 존재 그 자체고, 5막 3장 해리와, 즉 전쟁 소문이 아닌 전쟁 현실과 직접 마주치는 대목에서 폴스타프의 '코믹'은 일순 나약하여 해리한테 무참하게 '깨'지지만, 그 나약함이 이런 질문을 열기도 한다. 그럴까, 그런가? 그러나 전쟁에서, 죽음 앞에서 용기를 발하는 것이 정말 용기일까, 그건 무지 아닐까? 그거야말로 위선 혹은 비겁 아닐까? 무엇보다, 평화는, 그리고 희극은 유지되어야 하는 것 아닐까?

《2부》는 그에 비해 산문이 무척 지루하고 폴스타프가 잉여 출연인 느낌이 갈수록 강하며, 에필로그 직전 (헨리 5세에 오른) 해리 왕세자가 폴스타프에게 전하는 이별 통고는 그 자체로 적절하지만, 극 전체로 볼 때 너무 늦었고, 너무 늦었으므로 폴스타프의 대응은 희극적이기는 커녕 그냥 비루할 뿐이다. 그리고, 곧 이어지는 에필로그가 다음 작품에서도 그가 등장한다고 예고하지만 《헨리 5세》에는 폴스타프가 나오지 않고, 그의 죽음이 잠깐 언급될 뿐이다. 1부의 퀴클리('재빨리'), 개즈힐('쏘다니는 언덕')에 덧붙여 돌 티어시트('인형 뜯어내고 괜찮은 쪽'), 스네어('올가미'), 팽('독이빨'), 모울디('곰팡이 긴'), 워트('사마귀'), 휘블('연약한'), 불카프('수송아지') 등 우수마발 백성들의 뜻이름들이 많이 나오는 것은, 이름이 굳어지고 족보가 생겨가는 근대, 더군다나 참혹한 전쟁과 혹심한 희극 사이 절묘한 그것이라고나 할까.

《1부》 1402년 6월~1403년 7월 핫스퍼, 그의 아버지 노섬벌랜드, 그리고 그의 삼촌 우스터 백작이 핫스퍼 아내인 퍼시 부인의 오빠 모티머 영주, 모티머 부인의 아버지인 오웬 글렌다워, 그리고 더글라스 백작과 합세, 반란을 일으키지만 약속 장소인 슈루즈버리에서 핫스퍼와 실제로 합류한 것은 우스터와 더글라스 뿐, 핫스퍼는 왕세자(웨일즈 공) 해리와의 결투에서 패하여 죽고 우스터는 처형되고 더글라스는 풀려나는데, 왕세자 해리는 평소 폴스타프 패거리들과 어울려 물주 노릇을 해 주고 함께 도둑질도 하고 '멧돼지 머리 여인숙'에서 부왕과의 가상 만남을 꾸며 우스갯거리로 만드는 등 방탕 및 패륜 행각을 부러 벌이다가 3막 2장 부왕과 실제로 만난 자리에서 본심을 드러내며 참회의 눈물을 흘리고, 부자 화해가 이뤄지고, 왕세자의 위용을 갖춰 전장에 나온 터였고, 폴스타프도 슈루즈버리에 있었다.

《2부》 1403~13년 스크로우프 대주교, 헤이스팅스 경, 그리고 문장원 총재 토머스 모브레이가 반란을 일으켰다가 술수에 넘어가 스스로 군대를 해산하고 처형당하는데, 운문을 희화화하는 피스톨이 처음 등장하고 폴스타프는 여인숙 여주인 미세스 퀴클리, 창녀 돌 티어시트와 오래 놀아나더니 징병을 한답시고 간 곳에서 만난 시골재판관 로버트 섈로우를 꼬드겨, 왕세자가 자신의 막역 친구인데 곧 왕에 오를 것이고 그러면 좋은 일이 있게 해 주겠다며 천 파운드를 빌리지만, 런던에서 만난 그 왕세자, 헨리 4세가 죽어 헨리 5세에 오른 그의 친구는 면박을 주며 자기 눈앞에서 꺼지라고 말한다.

극중 모티머는 오웬 글렌다워의 딸과 결혼한 에드먼드 모티머 (1409년 사망)와, 리처드 2세가 후계자로 인정했던 조카 에드먼드 모티머(1424년 사망)를 합쳐 만든 등장인물. 이 등장인물로 인해 요크 가문 전체가 에드워드 3세의 아들들과 실제 역사보다 한발 더 가깝게 된다.

《헨리 5세》의 압권은 단연, 위 대사의 힘을 받아, 전투를 앞두고 수적으로 완전 열세인 병사의 사기를 정말 극적으로 북돋우는 헨리 5세의 연설(4막 3장). 방백에서 절묘하게 이어져 공연 효과는 더 크다. 젊은 왕이 밤에 변장을 하고 막사를 돌아다니며 불안에 떠는 병사들을 달래고 그들이 자신을 정말 어떻게 생각하는지 살피고, 자신도 그냥 사람일 뿐인데 왕으로서 져야 하는 도덕적 책임에 대해 고뇌한 뒤의 연설인 것을 감안하면 감동은 배가된다. 이것을 따로 '크리스피누스 축일 연설'이라고 부른다.

캔터베리 대주교의 말에 고무되어 프랑스 왕관을 거머쥐기 위해 프랑스 원정을 떠나기 전 헨리 5세는 사우샘튼에서 자신을 암살하려는 케임브리지 백작, 스크로우프 경, 그리고 토머스 그레이 경의 음모를 발견, 이들을 처단하고 아르플레르를 점령, 칼레를 향하다가 아젱쿠르에서 프랑스 대군을 만나지만 크게 승리하며 트르와 조약으로 프랑스 왕의 딸 카트린느와 결혼하는데, 극 초

반, 피스톨과 결혼한 옛 퀴클리가 폴스타프의 죽음을 알리고 피스톨, 바돌프, 그리고 님이 원정대에 참가하지만 바돌프와 님은 약탈죄로 교수형 당하고, 피스톨은 웨일즈인 지휘관 플루얼런을 모욕했다가 그에게 흠씬 얻어맞고 부추 모양 채소 리크를 강제로 먹게 되며, 해리 왕은 플루얼런을 잉글랜드 병사 마이클 윌리엄즈와도 싸우게 만든다.

윌슨(Wilson, John Dover, 1881~1969)은 폴스타프가 《헨리 5세》에 원래 등장할 예정이었으나 켐페가 떠나 마땅한 배우가 없자 폴스타프 대사를 빼고 새로운 에피소드를 집어넣거나 피스톨이 폴스타프 대신 리크를 먹게 한 것이라고 주장한 바 있지만, 어쨌거나, 피스톨의 운문 희화화는 《헨리 5세》에서 아예 거덜 난 운문 차원에 달하고, 님, 바돌프, 피스톨의 코미디는 죽어서도 희극적인 폴스타프 죽음에 무척 심오한 페이소스를 부여한다. 바돌프의 외모는 전쟁-일상의 참상을 희극-역설적으로 강조하고, 아일랜드 방언, 웨일즈 방언, 스코틀랜드 방언의 군인-지휘관들 또한 못지않게 멍청하고, 희극적이다. 해리는 전 작품에서와 마찬가지로 산문과 운문을 모두 구사하지만, 이번에는 서민과 귀족-왕족 모두를 대변하기 위해서며, 헨리 5세의 카트린느 구애는 전부 산문이지만 폴스타프풍 산문은 아니고, 불어 동음이의의 과감한 구사는 귀족 사회 너머 국제(화) 사회를 반영한다. 소년의 죽음은, 미래-비극적이다.

《헨리 6세 1, 2, 3부》의 주인공 헨리 6세(1421~71)는 헨리 5세와 카트린느 사이에 난 유일한 아들로 돌을 맞기 전 1422년 잉글랜드 왕위에 올랐고, 1426년 웨스트민스터에서, 그리고 1431년 파리에서 대관식을 치렀고 1440~41년 이튼 칼리지, 킹스 칼리지, 케임브리지 대학을 잇달아 세웠으며 1445년 앙주의 마가릿과 결혼했는데, 온화하고 참을성 있는 성품이었으나 아버지가 남겨 준 프랑스 유산을 지켜 내거나 잉글랜드 내 랭커스터 가와 요크 가 사이 장미전쟁을 막을 만큼 강하지는 못하더니, 1471년 튜크스베리 전투 이후 피살된다.

《1부》 헨리 5세가 죽고 6세가 즉위한다. 잉글랜드인은 프랑스 내 영지를 지키려 하지만 성처녀 잔('창녀이자 마녀')의 활약에 자꾸 밀리고 잉글랜드 군을 이끌며 용감하게 싸워 수차례 승리를 거둔 탈봇도 결국 죽고 잉글랜드 내부에서 호국경 글로스터 공작과 윈체스터 주교 헨리 보포트(훗날 추기경) 사이 알력이 심해지며 템플 정원에서 양쪽이 각각 붉은 장미와 백장미를 뽑아 랭커스터 가와 요크 가 사이 본격적인 장미전쟁의 시작을 알리고, 헨리 6세는 나폴리 왕이자 앙주 공작인 르네의 딸 마가릿과 결혼한다.

《2부》 왕이 마가릿과의 결혼 선물로 앙주와 마인을 장인에게 양도한 것에 격렬한 이의를 제기하는 호국경 글로스터에게 마가릿 왕비, 추기경 보포트, 왕비의 연인 서포크, 그리고 요크가 앙심을 품고, 왕을 해코지하는 마법을 썼다는 누명을 씌워 글로스터 공작부인을 추방하더니, 글로스터마저 체포한다. 살인 혐의로 추방된 서포크가 해적들한테 다시 피살되고, 4막 대부분은 잭 케이드의 반란과 죽음의 장. 5막에서 장미전쟁이 시작되어 헨리 왕, 마가릿 왕비, 서머싯 공작과 늙은 클리포드 영주가 랭커스터 편에 서고 워릭 백작과 그 아들 솔즈베리 백작이 요크와 그 아들들을 지지한다. 1455년 세인트 앨번즈 전투가 벌어지고 서머싯 공작과 클리포드 영주가 전사한다.

《3부》 세인트 앨번즈 전투가 끝나고 헨리 6세가 요크를 자신의 왕위 계승자로 하지만 마가릿 왕비는, 아들 클리포드의 후원을 업고 자신의 적통 왕세자 에드워드를 위해 싸움을 계속, 웨이크필드에서 클리포드가 요크의 어린 막내아들 러틀랜드를 죽이고 요크도 사로잡혀 클리포드와 마가릿에게 모멸당한 후 칼에 찔려 죽는다. 하지만 요크의 두 아들, 훗날 에드워드 4세(치세 1461~83)와 리처드, 훗날 리처드 3세(치세 1483~85)가 1461년 타우튼 전투에서 랭커스터 가문을 물리치고, 여기서 클리포드가 살해당하고 헨리 6세가 체포당하고 왕에 오른 에드워드가 엘리자베스 우드빌과 결혼하자 워릭이 마가릿 편에 합류, 헨리를 풀어주고 에드워드를 사로잡지만 에드워드는 달아났다가 헨리를 다시 사로잡고, 1471년 바넷 전투에서 워릭군을 물리치고 워릭을 죽인다. 1471년 튜크스베리 전투에서 랭커스터 가문이 최종적으로 패퇴하고 헨리 6세의 맞아들 에드워드를 칼로 찔러 죽이며, 리처드는 런던탑으로 달려가 헨리 6세를 죽인다.

장미전쟁을 다루면서 특히, 법률용어가 난립한다. 초기작이지만 탈봇의 절규는 리어 왕을 연상시키기에 족하고, 서포크가 마가릿을 '꼬시'는 이야기는, 그에 비하면 더욱, 지루하고 지리멸렬한 코미디지만, 잠깐 동안의 평화 속이라는 것을 감안하면 그럴 법하기도 하다. 평화란 그런 것이고, 그래서 좋은 거니까. 폴스타프를 뒤집었달까. 그것을 다시 뒤집어 잭 케이드를 그리 심하게 희화화했을까? 서머싯 공작은 헨리 보포트와, 그의 공작 작위를 물려받은 동생 에드먼드를 합친 인물이다.

《리처드 3세》는 기형의 왕이 벌이는, 소름끼칠 정도로 기괴하고 끔찍한 정치의 장이다.

에드워드 4세(1442~1483)는 잉글랜드 최초의 요크 가문 출신 왕으로 1461. 3. 4.~1470. 10. 3 통치 때는 폭력으로 얼룩졌고 잠시 랭커스터 가문에게 밀렸으나 튜크스베리 전투 때 랭커스터 가문을 완전 제압하고 다시 왕위에 오른 뒤 나라를 평화롭게 다스리다가 갑작스레 죽음을 맞은 인물이다. 꼽추 리처드, 훗날 리처드 3세의 맨 처음 독백을 우리는 이 책 맨 앞에서 이미 읽었고 그의 치세는 2년에 불과하다.

에드워드 4세의 임종이 시시각각 다가오고 그의 둘째 동생인 리처드가 왕위를 차지하려면 그와 왕좌 사이 여섯 사람, 에드워드의 두 아들, 즉 왕세자 에드워드와 요크 공작, 그리고 에드워드의 딸 엘리자베스, 리처드의 형인 클래런스, 클래런스의 어린 아들과 어린 딸을 처리해야 한다. 1막에서 리처드는 형 클래런스를 런던탑에 갇히게 만든 다음 다시 손을 써서 죽이는 데 성공하고, 튜크스베리에서 자신의 손으로 직접 죽인 헨리 6세 왕세자 아들 에드워드의 미망인 앤 부인한테 뻔뻔스럽게 구애, 훗날, 놀랍게도, 결혼하는 데 성공한다. 헨리 6세의 미망인 마가릿은 코러스처럼 출몰하며 철천지원수들인 요크 가문 사람들을 저주하는 한편 리처드를 조심하라 경고하고, 에드워드 4세가 죽자 리처드는, 버킹검 공작의 후원을 받으며 왕비파를 공격, 그녀 동생 리버스 백작과, 그녀가 전 남편 사이에 낳은 아들 그레이 경, 그리고 에드워드의 고명대신 격인 궁내장관 헤이스팅스 경을 죽이고, 에드워드의, 에드워드 5세로 등극이 예정된 왕세자와 왕자 요크 공작을 런던탑에 가두고. 버킹검 공작이 런던 시민을 설득하여 리처드를 왕으로 선포케 하고, 왕에 오른 리처드가 런던탑의 왕세자와 왕자를 암살케 하고, 에드워드의 딸 엘리자베스와는, 자책과 병으로 죽어 가는 아내 앤을 더 빨리 죽게 조치한 후, 결혼하려 계획한다. 클래런스의 딸은 신분이 미비한 신사와 결혼할 것이고, 그의 아들들은 멍청하니 그만하면 되었다. 그런데 왕세자를 죽인 것에 대해 버킹검 공작 마음이 갈팡질팡하고, 리처드가 내치니 버킹검은 헤이스팅스의 친구 스탠리 경의 사위인, 랭커스터 가문의 리치먼드 백작 헨리 튜더, 훗날의 헨리 7세와 합류하려다 사로잡혀 처형되고, 상륙한 헨리 튜더의 군대가 보스워스에서 리처드 군대와 마주친다. 전투 전날 밤 리처드가 죽인 사람들의 유령이 차례차례 나타나 그를 저주하고 그의 패배를 예언하고, 그 예언대로 되고 헨리 튜더가 헨리 7세로 추대된다.

리처드 3세의 찬탈 과정은 속이 빠르고, 헨리 7세 등장 이전까지는 명분도 아름다움도 의리도 비극성도 동반 퇴색하지만, 리처드 3세가 리처드 3세를 기괴하게 여기는 극에 달할 때까지 축적되는 기괴의 과정, 그 기괴의 미학, 즉 기괴의 이미저리와 그럴듯함은, 사례를 찾기 힘들다. 실제 역사에서 마가릿은 장미전쟁 패배 후 그녀 아버지가 몸값을 지불하고 데려갔고 그 뒤 잉글랜드로 돌아오지 않았다.

1955년 올리비에는 자신이 감독 출연한 영화 한 편으로 가장 유명한, 그리고 가장 자주 패러디되는 리처드 3세 배우가 된다. 셰익스피어 《헨리 6세 3부》의 몇몇 장면 및 연설을 시버가 다시 쓴 희곡 '리처드 3세'와 합친 그 영화 대본에는 마가릿 왕비와 요크 공작부인이 아예 없고, 위 리처드의, 유령들의 저주 그 후 독백이 없다. 코미디언 피터 셀러즈는 1965년 비틀즈 음악 특집 TV 방송에서 비틀즈 노래 '고된 하루의 밤'을 올리비에의 리처드 3세 풍으로 읊었고, BBC TV 시튜에이션 코미디 《블랙 애더》 시리즈 첫 에피소드 또한 올리비에 영화를 일부 패러디, '자애로운' 리처드가, 셰익스피어 원작 대사를 망가뜨린다. 이제 우리 달콤한 만족의 여름은 구름 뒤덮인 겨울이 되었다 이 튜더의 구름들이 해냈어……. 2002년 영화 《거리의 왕》은 리처드 3세 이야기를 갱단 풍속도로 녹여 내고, 2011년 영화 《왕의 연설》에는 '이제 우리 불만의 겨울은/ 영광의 여름 되었다 이 요크 가문 태양 아들이 해냈어' 대사를 읊는 리처드 3세 배역 오디션이 나온다.

튜더 가문의 첫 왕 헨리 7세(치세 1485~1509)는 1483년 자신의 맹세를 지켜 1486년 요크의 엘리자베스와 결혼, 요크 가와 랭커스터 가를 통합하는 식으로 튜더 왕가 왕권 기반을 탄탄히 다졌고 그의 사망 후 헨리 8세가 순조롭게 왕위를 이어 받았다.

《헨리 8세》는 지문이 셰익스피어 작품 가운데 가장 정교하며, 도버 윌슨 및 소수를 제외한 셰익스피어 학자들이 존 플레처와 합작인 것으로 여기며, 아마도 셰익스피어가 1막 1장과 2장과 4장, 3막 2장 1∼203행(왕의 퇴장까지), 5막 1장을, 플레처가 프롤로그 및 에필로그를 포함한 나머지를 썼을 것이고, 드라마라기보다는 일련의, 각 개인들이 겪는 재앙이나 사건들의 나열이다. 울시 추기경과의 권력투쟁에서 밀려 대역죄로 고발당하고 재판받고 처형당하는 버킹검 공작, 강제 이혼당하고 끝내 죽음을 맞는 캐서린 왕비, 왕과 결혼하는 앤 불린, 그것을 막으려던 음모가 들통 나 실각하고 역시 죽음을 맞는 울시, 캔터베리 대주교에 임명되었다가 윈체스터 주교 가디너의 탄핵을 받지만 왕이 나서서 위기를 모면시켜 주는 크랜머…… 그리고 마지막은 앤 불린과 헨리 8세 사이 태어난 국왕 장녀 엘리자베스, 훗날 엘리자베스 1세의 세례식을 축하하는 일대 소란이고 장관이다.

2. 셰익스피어 '연극＝생애' 안팎

튜더 왕조 시대부터 지금에 이르기까지 잉글랜드(영국) 왕실은 일을 크게 세 가지로 나누어 고관에게 각각의 책임을 맡기는바, 왕실 제3위 고관인 사마관(司馬官, the Master of the Horse)이 주로 바깥일을, 제2위 고관인 가령(家令, the Lord Steward)이 음식과 음료, 조명 및 난방 따위 지하 일을, 그리고 제1위 고관 궁내장관(the Lord Chamberlian of the Household)은 지상의 모든 일을 담당한다. 군주의 거처, 의상, 여행, 손님 접대,

여흥 등등. '궁내'는 다시 둘로 나뉘는데, 1) 궁내 사실(私室)은 엘리자베스 1세 여왕 시대의 경우 궁내장관, 부장관, 기사 4명, 기사장(Knight-Marshall), 신사 18명, 궁내관(Gentleman-Usher) 4명, 말구종장(Groom-Porter), 말구종 14명, 고기 써는 사람 넷, 술잔 따라 올리는 사람 셋, 재봉사 넷, 수행 기사 종자(Squire to the body) 넷, 2등 궁내관(Yeoman-Usher) 넷, 시동 넷, 전령 넷, 여왕 전속 목사(Clerk of the Closet) 둘, 그리고 많은 귀족 신분 시녀 및 하녀들이, 2) 알현실은 수행 시하인(Esquire of the Body)들과 더 많은 궁내관 및 말구종들이 관리했다.

셰익스피어는, 모든 배우-공동소유주들이 그렇듯, 궁내장관 직속의 말구종 신분이지만, 월급을 받은 것은 아니다. 잔치 및 공연 따위를 담당하는 일이 헨리 7세 때 상설 부서로 격상되고 책임자가 임명되었는데, 직제상 궁내장관 직속이지만 점차 극장 전반에 폭넓고 독립적인 권력을 행사하게 된다. 공공극장에서는 오후 두 시경 공연이 시작되어 두 시간 혹은 두 시간 반 동안 이어졌고, 개인 극장에서는 어차피 인조 조명이 필요했으므로 더 늦게 시작할 수도 있었다. 포스터 따위로 공연 작품을 홍보했고, 트럼펫을 세 번 불어 공연 시작을, 깃발을 달아 공연 중임을 알렸다. 비극일 경우 천정에 검은 커튼을 매달았다. 극장 입구에서 입장료를 거뒀고, 최상층 관람석 입구에서 추가 요금을 받았다. 세 번째 트럼펫 소리가 울리면 프롤로그가 전통적인 검은 복장으로 등장하고 연극이 공연되는데, 공공극장에서는 아마도 중간 휴식이 없었지만, 개인 극장에서는 음악을 위한 중간 휴식이 있었고, 이 전통을 17세기 초 극장들이 변형된 형태로 채택하게 되었을 것이다. 공연이 끝나면 에필로그가 나와 관객에게 박수갈채를 부탁하고, 지그 춤곡이 이어졌다. 관객들이 빠져나가면 배우-극장주들이 거둔 돈을 계산, 최상층 추가 요금의 반을 임대료로 극장주(아마도 자기 자신들)에게 지불하고 고용 배우들에게 급료를 주고 나머지를 자기들이 챙겼다. 역병과 청교도들이 배우들의 최대 적이었다. 런던은 상인과 장인들, 그들의 도제들과 여행자들의 도시였고 도시를 다스리는 것은 런던 시장, 그리고 12개 복장 조합이 선출한 대표들로 구성된 시 자치체였는데, 역병이 돌면 추밀원이 시 자치체 성화에 못 이겨 극장 폐쇄를 명할 밖에 없었고 그러면 런던 배우들은 지방을 순회하며 지역 터줏대감 극단들과 힘겨운 경쟁을 벌여야 했다. 1584년 배우들은 역병으로 인한 사망자가 주 50명을 넘지 않는 한 공연을 허락하는 게 이치에 맞다고 주장했고 시 자치회는 온갖 원인으로 인한 사망자 수가 3주 연속 50을 넘지 않아야 한다고 답했는데, 1607년에는 역병 희생자 수가 30을 넘을 경우, 그 후에는 40을 넘을 경우 자동적으로 극장 문을 닫았을 것이다.

셰익스피어 사극들을 따라 우리는 곧장 셰익스피어 탄생 직전까지 왔다. 피터 홀의 '완전히 다른 사람이 되는 능력'과 '그 능력을 다룰 수 있는 또 다른 능력'은 물론 역사상 가장 민활한 시적 상상력과 연극 기획력, 그리고 극장 운영 수완을 갖춘 예술가 가운데 하나였던 그를 통해 잉글랜드 역사가 응집, 현재화할 뿐 아니라, 예술-미래화한다. 그리고, 첫 작품 《헨리 6세 2부》를 쓰기 시작한 1590년부터 마지막 작품 《헨리 8세》를 마친 1613년까지 이어지는 그의 '연극=생애'는 잉글랜드 역사 이전 그리스 신화 (《한여름 밤의 꿈》), BC. 1천2백 년 무렵 미케네 문명 그리스인들이 10년 동안 벌인 트로이 전쟁(《트로일루스와 크레시다》, 소포클레스(497~406 BC.) 당대인 BC. 491년 무렵 볼스키 족을 이끌고 로마를 공격했으나 아내와 어머니의 간청에 로마를 봐주고, 오히려 볼스키 족한테 죽임을 당하던 초기 로마 공화국 귀족(《코리올라누스》), 에우리피데스(469~399 BC.)와 소크라테스(450~404 BC.) 당대 그리스(《아테네의 타이먼》), 헬레니즘 시대(《페리클레스》), 로마공화국이 제정으로 넘어가던 시절(《줄리어스 시저》, 《안토니와 클레오파트라》), 그리고 플루타르크(46~110) 당대 (《티투스 안드로니쿠스》) 역사까지 응집, 현재화하고, 예술-미래화한다. 그리고 걸작들은 그 응집, 현재화, 예술-미래화를 끊임없이, 갈수록 질 높게 추동하는 동시에 끊임없이 그 추동의 결과물이다.

김정환

1954년 서울 출생. 서울대 영문과를 졸업했다.
1980년 《창작과 비평》에 시 '마포, 강변동네에서' 외 5편을 발표하면서 작품 활동을 시작했다.
시집 《지울 수 없는 노래》 《하나의 이인무와 세 개의 일인무》 《황색예수전》 《회복기》
《좋은 꽃》 《해방 서시》 《우리 노동자》 《기차에 대하여》 《사랑, 피티》 《희망의 나이》
《노래는 푸른 나무 붉은 잎》 《텅 빈 극장》 《순금의 기억》 《김정환 시집 1980-1999》
《해가 뜨다》 《하노이 서울 시편》 《레닌의 노래》 《드러남과 드러냄》 등 20여 권의 시집과,
소설 《파경과 광경》 《세상 속으로》 《그 후》 《사랑의 생애》,
산문집 《발언집》 《고유명사들의 공동체》 《김정환의 할 말 안 할 말》,
평론집 《삶의 시, 해방의 문학》, 음악 교양서 《클래식은 내 친구》 《내 영혼의 음악》,
문학 창작 방법론 《작가 지망생을 위한 창작 강의 일곱 장》,
역사 교양서 《상상하는 한국사》 《20세기를 만든 사람들》 《한국사 오디세이》 등이 있으며,
《더블린 사람들》 《셰익스피어 평전》 등을 번역했다.
2007년 제9회 백석 문학상을 수상했다.

리처드 2세

Copyright ⓒ 김정환, 2012

첫판 1쇄 펴낸날 | 2012년 10월 20일
지은이 | 셰익스피어
옮긴이 | 김정환
펴낸이 | 박성규
펴낸곳 | 도서출판 아침이슬
등록 | 1999년 1월 9일 (제10-1699호)
주소 | 서울시 은평구 신사동 25-6 (122-882)
전화 | 02)332-6106
팩스 | 02)322-1740
이메일 | 21cmdew@hanmail.net
ISBN 978-89-6429-123-8 04840
ISBN 978-89-6429-132-0 (세트)
책값은 뒤표지에 있습니다.